JN104105
ご主人様の
の猫
トヴァルデの生贄
クナートの躰を押しやろうとするが、
まるで壁のように動いてくれない。
ユオラを凝視する瞳が妖艶に
濡れていることなど、気づく由もなかった。
「ユオラ、発情期の経験は？」
「え……あ……」
ユオラが首を横に振ると、イグナートが
嘆息を交えて「そうか」と呟くのが聞こえた。

ご主人様の唯一の猫
ゴルトヴァルデの生贄

壱師散子

23797

角川ルビー文庫

目次

口絵・本文イラスト／高星麻子

ひらひらと、無数の黄葉が空から舞い落ちている。

この森一帯に自生する樹木の葉はすべて鮮やかな黄色に色づいており、季節を問わず葉を落とし続ける。降りしきる黄金色の雨に終わりはない。

地面を、視界を、深い色味の金で埋め尽くすこの土地は、古からゴルトヴァルデ——黄金の森と呼ばれている。

そんな森の片隅でユオラは暗闇の中、ぎゅっと目を瞑り、幼い身体を丸くしてその時を待っていた。

視界は暗く閉ざされているけれど、外の音はよく聞こえる。茶色い縞模様の耳を持つケットシーのユオラは、他の種族よりも耳ざといのだ。

——あれ、おかしいな。足音が消えちゃった。

かくれんぼはこの見つかるまでのどきどきした時間がたまらない。ユオラは一度も最後まで隠れきれたことがないが、むしろどこに隠れようと必ず見つけてもらえることに喜びを見出し始めていた。

あの人は、必ずユオラを捜し出してくれる。隠れている時とはまた異なる胸の高鳴りが重なって、胸がちくちくする。

その時、頭上でがさりと物音がすると同時に、視界に幾筋もの光が差し込んだ。

「ユオラ、見つけた！」

「わあっ……！」

油断しきっていたユオラの頭上に積み重なっていた黄金の葉が、勢いよく舞い上がった。

ユオラは崩れた黄金の葉の山から上半身だけを出して、ぽかんと自分を捜し出したその人の顔を仰ぎ見た。

「また見つかっちゃった……イグさま、どうしてわかるのですか？」

「ふふ、当然だ。僕が、僕のユオラを見逃すわけがないだろう？」

澄み渡る青空を背景に、艶やかな黒い髪を一つに括った少年――イグナートが、紅い眼を眇めてくすくす笑う。柔らかな日差しを受けてきらめく瞳は、夜闇の中で揺れ動く炎を凝らせて石に出来たなら、きっとこんな色をしているのだろうと思わせるほど澄んで美しい。まだあどけなさの残る面差しには、聡明さと上に立つ者に相応しい不遜さが滲み、そのきりりとした美貌を引き立てていた。

「さあ、おいで。レヌはどこにいるのかな……もう成体のくせに、本気で隠れるんだから大人げないよ」

伸ばされた手がユオラの髪についたままの落葉をそっと払い落とす。

ユオラはイグナートの髪の色が好きだ。常黄の森の中なら、あわてんぼうのユオラでも簡単に見つけることができるから、不安を覚えずにすむ。自分と同じように落葉と同じ金色だったら、すぐに見つけられずに怖くて寂しくて泣き出してしまったかもしれない。

イグナートさえいれば、それでいい。ユオラには大人の事情や難しいことは分からないけれど、彼はゴルトヴァルデ家の令息だ。親の顔はもちろん、幼いころの記憶は何一つ持ち合わせていないけれど、ゆくゆくは使用人にと拾われた自分は、どんな形であれ、命尽きるまでこの愛しい主の傍にいられるのだ。

——とっても幸せだなあ。

こんな幸せがずっと続けばいい。たくさんの黄金に埋もれながら、ユオラは身に余る幸福を嚙みしめていた。

無垢に主とともにかくれんぼに興じたあの日から、十年以上の月日が過ぎていた。

孤独には、もうすっかり慣れたつもりだった。

それでも、湖面を滑るように泳ぐ一対の白鳥や、ひらひらと睦み合うように宙を舞う蝶の姿を見かけると、微笑ましさの中に寂しさがじわりと滲むのを堪えられなくなる。

薬の入ったバスケットを肩から引っ提げ、舗装のされていない青々とした草木の茂るあぜ道を進む。今日は畑の中ほどに立ち並ぶ質素な家々に薬を届けることになっている。

途中、麦畑の手入れをする家族の横を通り過ぎた。白黒の耳と尾が特徴的な五人家族は、みな一様に軽く頭を下げたユオラを一瞥し、そそくさと視線を逸らして作業へと戻ってしまう。

この光景にも慣れたつもりでいたが、やはり面と向かって拒絶されると寂しさと申し訳なさが綯交ぜになって押し寄せてくる。

ユオラは俯きがちに嘆息したあと、こんなことでへこたれてはいられないと深呼吸をして気合いを入れなおした。

やがて一軒目の家へ辿り着き、戸口を控えめにノックする。ややあって古びた一枚板の戸が薄く開いた。

「こんにちは、今回のぶんの薬を届けに来ました」

「ああ……これはどうも」

温厚そうな女性が顔を出して、それでも困惑したようにユオラから視線を逸らした。怯えているのか、白い両耳が横にへたれてしまっている。ユオラは申し訳なく思いつつ、数軒ぶんの薬をまとめて女性へ手渡した。

「いつもの木箱にパンが三つと、それから干し肉とはちみつがあるからね、もっていってください」

「ありがとうございます」

いつもと変わらぬ事務的な会話のあと、すぐに戸が閉ざされた。

ユオラは名残惜しむようにその場に佇立していたが、ここに居ても邪魔になるだけだと踵を返して家の左手へ回り込み、隅に置かれた朽ちかけの木箱の蓋を開けた。三つの革袋の中に女性が告げた通りの品が入っている。

「こんなに……みんな大変なのに……」

貨幣にあまり価値のない僻地では、このように物々交換が主流だ。薬への報酬としては少ないぐらいだが、ユオラが見かけよりも裕福な生活を送っていることは周知の事実で、以前から支払いは無理のない程度で構わないと交渉している。それでも義理を押し通そうとするのは、ユオラの背後に垣間見えるゴルトヴァルデの怒りを買うことを恐れているのだろう。

「でもここのはちみつは美味しいんだよなあ……」

バスケットに中身を移し替えながら、ユオラは金色の髪を風にそよがせ、小さく笑った。

行きよりも重くなったバスケットを抱えなおし、来た道を戻る。ユオラの家はこの村から三時間ほど歩いた先、常黄のゴルトヴァルデの森の片隅にある、トラオア湖のほとりにぽつんと佇んでいる。

一年を通して黄葉が舞い続けるゴルトヴァルデの森に移り住んで四年、ユオラは森を抜けた先に点在する村々へと薬を売り歩くことで生計を立てていた。

あぜ道を抜けて人気のない獣道を過ぎると、深緑の木々にちらちらと目にも鮮やかな黄金色が交じり始める。このあたりがゴルトヴァルデ共和国と、ケットシーの国、アイトシュタット王国との境だ。

視界のほとんどが黄色に塗りつぶされるほど分け入ると、ふいに森の奥の方から懐かしい匂いが漂い始めた。無意識のうちにすんすんと鼻をならして、耳がぴん、と立つ。

——イグナート様が来るのかな。

茶縞の尾が無意識の内にゆらりと持ち上がる。こみ上げる歓びで、心臓がどくどくと高鳴った。

ユオラを含むケットシーは、遥か昔に魔力を得た猫から生まれたとされた種族だった。基本的には小柄で、人の体に一対の耳に長い尾を持ち、聴覚と嗅覚に優れている。が、魔力は決して高くはない。総合的にみると人間より多少身体能力に優れている程度の下位種で、常に搾取される側の種族であった。猫としての血に刻まれた本能か、あるいは長きにわたる不遇の歴史ゆえか、警戒心が強く喧嘩っ早いところがある。そのうえ個人主義を貫く者が多く、群れたり馴れ合ったりすることに適さない気性で、アイトシュタット王国のように一つの国を作り上げることは大変珍しいことであった。

というのも、団結が難しい民を従えて建国したところで、すぐに強国に侵略されてしまうためである。

では、なぜこの国はその悲劇を免れ続けてきたのか。一つはこの国が海流の入り乱れた内海の、半島を領する小国だということに起因している。そして何よりも、この国へ通じる街道、森といった領地のすべてをゴルトヴァルデ共和国が包括しており、忍び寄る魔の手を封じ切ってしまうことが理由であった。海からの侵略を荒波が、陸からの侵攻をカーバンクルが治めるゴルトヴァルデが防いでくれるのだ。

ゴルトヴァルデは、カーバンクルの家門、ゴルトヴァルデ家の始まりの土地とされている。

魔力の保有量によって上位種から下位種に分類されるこの世界の種族の中で、カーバンクルは上位種に属している。世界の果ての火山に住まうドラゴンを祖とするという逸話を持つ彼らは、個体数が少ないことから同族意識が強く、一度懐に入れた者にはとことん甘い。強大な力を秘めるものの、温厚で慈悲深く争いを好まないことから、諸国の王侯貴族へ名を連ねることも多かった。

外見的な特徴としては、長身に、瞳の色と同じ輝石とともに生まれてくることが挙げられる。この輝石はカーバンクルの魔力を調整するために必要不可欠なもので、加工して装飾品として身に着けるのが慣習となっていた。寿命は二百年を超える。最初は純血の人間と同じように成長するが、成人すると速度が緩やかになり、死の間際になるとまた同じように老化する。

そのカーバンクルの一門に追従する大勢の侍従や職人が街をつくり、庇護を求めた様々な種族が身を寄せ合って暮らしているのが、ゴルトヴァルデという国だった。

総数の少ないカーバンクルはこうして世界に散在することで同族との衝突を防ぎ、また争いの種を摘み世界平和にも貢献している。

イグナートはゴルトヴァルデ家の三男で、ユオラの敬愛する主でもあった。

――本当は、敬愛以上の想いを抱いているのだけれど。

口にできるはずもない。ユオラはバスケットを抱えなおすと、ゆっくりと自宅へ向かって歩き出した。待ちわびたイグナートの匂いが風に乗って運ばれてくる。間違いない。彼は忙しい仕事の合間を縫って、こうしてユオラの様子を見に来てくれるのだ。

ユオラはケットシーでありながら、この森に捨てられているところをゴルトヴァルデ家に拾われていた。赤子であったためユオラにはその頃の記憶はないが、天涯孤独の身であることを意識させないほど可愛がられていた自負がある。比較的歳の近いイグナートはまるで兄弟のように接してくれたし、他種族の入り乱れる使用人たちも総出でユオラを慈しんでくれた。他のカーバンクルのことは知らないけれど、少なくともゴルトヴァルデ家の人々は穏やかで心優しい人ばかりだった。

親の顔はもちろん、自分の生まれがどこかもわからない。拾い主である奥方、イグナートの母が亡くなり、それを知る手掛かりはどこにも残されていない。けれど、ユオラにとってはどうでもいいことだ。それぐらい、ゴルトヴァルデの人々に愛されてきた自負があるし、ユオラも彼らを愛している。

けれど王国側の数多のケットシーは、彼らの懐の広さを、その優しさを知らない。ケットシーは本来であれば隷属することが当然の下位種で、カーバンクルは他種族を従えて然るべき力を持つ上位種だ。迫害の歴史を持つ国民は、常にゴルトヴァルデ家の侵攻に怯えている。ゴルトヴァルデ家にその意思がなくとも、血にそなえられた臆病な性質が許さない。

ユオラはゴルトヴァルデ家に敵意がないことを示すため、領地のちょうど間に位置する森の中で暮らすことを強いられていた。ゴルトヴァルデが強引に境界を侵した際、ユオラは王国に捕らわれ処刑されたりすることはない。カーバンクルは情に厚い。一度懐に招き入れた者を見捨てたり、裏切ったりすることはない。そんな中で家族同然に育てられたユオラを差し出すのだから、ゴルトヴァルデ家の誓いの固さは推して知るべしだろう。

無論、猜疑心の強いケットシーのほとんどは、ユオラのような矮小な存在が侵略の抑止力たり得るのかと疑問を抱いているようだが。ただ同時に、捨て子でありたまたま敵陣に保護されたユオラに同情する見方も強かった。その儚げな外見と、ケットシーにしては温厚で気弱な気性がそうさせるのだ。

いつからか、憐れみと畏怖を込めてユオラはこう称されるようになっていた。

ゴルトヴァルデの生贄、と。

「イグナート様！」

湖から見上げた街道の端に、黒と金で装飾された豪奢な馬車が停められているのが見えた。ユオラの住むレンガ造りの小屋は、湖と街道の途中にできた平地の隅にひっそりと存在している。

やはり、とユオラは天にも昇るような心地だった。村を発ったときから、なんとなくイグナートの来訪を予感していたのだ。昔から、ユオラはイグナートの居所を察することに長けていた。どこに隠れていても、魔力遮断の術中にでもいない限りまるで引き寄せられるように彼を見つけ出すことが出来る。

なだらかな斜面を駆けあがってみると、小屋の戸口に長身の黒い影があった。

「！　ユオラ？」

彼がこちらを振り向くとともに一陣の風が吹き荒れ、地面を覆い尽くす無数の黄葉がぶわりと舞い上がる。

それでも、黄金の中に佇む黒い影がかき消されてしまうことはない。ユオラが見失うこともない。

ユオラは視界を遮られながらも真っすぐにイグナートの元へ駆け寄った。

「イグナート様、おまちし――――あっ！」

「おっと」

ぬかるみに足をとられ、前につんのめった。イグナートに激突する衝撃に備えて目を瞑ると、こともなげに、ひょいとすくうように抱き上げられる浮遊感が訪れる。

「あ……イ、イグナート様っ……」

大好きな男の匂いに驚いて目を見開くと、ユオラより頭二つ分は背の高い彼の顔が真下にあった。彼の黒の艶やかな長髪に黄葉が張り付いている。穏やかで理知的に整った顔立ちはまる

で美術品のようだ。長髪と白磁のようになめらかな肌が中性的な印象を抱かせるものの、すらりとした長身と耳に馴染む低い声が男らしさを引き立てている。微笑をたたえて細められた蠱惑的な深紅の瞳は、カーバンクルに見られる特徴のひとつでもあった。

「私のユオラは本当に危なっかしいね」

「すみません、早くイグナート様にお会いしたかったから」

くすくすと微笑まれて、かあっと顔が熱くなった。彼の片腕に抱き留められたままバランスを崩しかけ、その首に慌ててしがみつくとさらに距離が近くなる。こんなにも心臓が飛び出してしまいそうなほど緊張しているのはたぶんユオラだけだ。イグナートとしてはじゃれついてきた弟を抱き留めたような気分でしかないのだろう。

子ども扱いされているのは分かっている。それを情けないと、悲しいと思わないこともない。けれどそれ以上に、彼に特別扱いしてもらえていることが嬉しくてたまらなかった。

特別視されているというのは何もユオラの思い上がりではない。彼は『私のユオラ』と口にするが、こうして所有を主張するのはユオラに対してだけだった。自分はイグナートのものなのだと思うと、何も持たないちっぽけな存在である自分にも存在する価値が与えられたような錯覚を得ることができた。

ユオラはイグナートだけのものだ。イグナートがユオラだけのものになることなんて一生ないけれど、それでいい。彼のものであること以上の幸福なんて、ただの従者の一人でしかないユオラには想像もつかない。

この優しさとぬくもりを与えられるだけで十分だ。

ユオラが黒いロングコートの首筋に鼻先を埋めて至福のひとときに身を委ねていると、彼の肩越しに人懐こそうな笑みを浮かべた青年がひょこっと顔を出した。突然のことに驚いて耳と尻尾の毛が逆立った。それを見て、青年――レヌがけらけらと笑い出す。

「お、驚かせないでよ、レヌ！　君がいるなんて知らなかったから……！」

「はは、そうだよね。イグと一緒に来るのは半年ぶりぐらい？　四年経っても君が恋しいよユオラ。ゴルトヴァルデの家は男も女も逞しくてまるで癒しがない」

「不満であればいつ出て行ってくれても構わないぞ、レヌ。お前がいなくても私は全く困らない」

「ええ？　嘘をつくなよ。僕以外の誰がユオラの偵察――……なんでもない。まあ、僕が退屈になるからご当主に拒絶されるのはちょっと困るな」

レヌは菫色の瞳を瞬かせ、肩をすくめて見せた。レヌは、名目上ゴルトヴァルデ家に逗留する賓客、という扱いになっている。海を越えた土地のカーバンクル一族の庶子として生まれた彼は、母方の特徴を色濃く継いでしまったことで生家に居場所がなく、縁あってゴルトヴァルデ家に身を寄せることとなった。現在も交流は途絶えたままだそうだが、本人はそういった事情を全く気にした様子もなく、屋敷に籠り、この土地を訪れるきっかけとなった『ゴルトヴァルデの千変』について日夜研究を続けている。ユオラにとっては親しみやすい年長の友人で、尊敬すべき薬草学の師だ。

そして何より、イグナートを凌ぐ魔術の使い手でもある。

「イグナート様にもレヌにも、一週間ぐらい前にあったばかりだと思うんだけど……何かあったんですか？」

ユオラが無邪気に小首を傾げると、イグナートの片眉が一瞬だけぴくりと跳ねた。

そしてちらりとレヌの方を見やる。レヌは瞳と同じ色の短い毛先を弄びながら、困ったように笑って、ユオラとイグナートの顔を交互に見た。

何だか妙な雰囲気だ。ユオラにこの地に移り住むことを提案したときも、イグナートはこんな風に言いよどんでいたのを思い出す。

「あの、とりあえず家にどうぞ。新しくハーブティーを調合してみたんです」

「いや、それには及ばない。これから王都へ向かわなくてはならないんだ」

「今からですか？」

王都まで馬車で三日ほどかかる。ゴルトヴァルデ家の馬車を襲う命知らずの野盗こそいないが、森には多くの獣が潜む。野宿や夜の移動を避けるとなると道中の宿は限られていて、どれだけ機能性の高い馬車と強靱な馬を揃えても一日に移動できる距離に差はなくなる。

それも朝早くに出立した場合の計算で、今はすでに日が傾き始めている。宿への到着は夜になるだろうし、ならばいっそのこと翌朝出立した方が賢明に思えた。そもそも、イグナートもレヌも馬車の揺れを忌避していたはずで、普段は街へ出るのにも自ら馬を駆る。ユオラの知る限り、あの馬車が使用されるのは、重大な式典やパレードへの参列を求められたときぐらいのものだ。

「そう。レヌには帰りに立ち寄って腰を据えて話すべきだと提案されたんだが、ユオラには早く報告すべきだと思って」

「報告?」

そうだと頷きながら、イグナートはゆっくりとユオラの体を地面に下ろした。

再び、ざあっと強い風が吹き抜けて、ユオラとイグナートの髪をさらう。今度は黄葉が巻き上げられない。ユオラの耳を塞ごうとするような、イグナートの声をかき消そうとするような――まるでこの話の続きをさせまいとしたような、不思議な風だった。

戸惑うユオラの両手をそっと取り、イグナートが微笑して口を開く。

「私の婚約が決まったんだよ、ユオラ」

「こ……」

心地よい低音が何を囁いたのか、ユオラは即座に理解できなかった。

新緑と同じ色の瞳を、何度も瞬く。見上げたイグナートは薄く笑ったまま、その背後でひらひらと黄色い葉が降り注いでいる。いつもと変わらない光景だった。とうに見飽きていてもおかしくないはずなのに、いつでもユオラの心の弾む、愛おしくてたまらない景色。

けれど、今は普段とは真逆の感情をはらんで心臓がばくばく鳴り始めている。

――イグナート様の婚約。

頭の中で先ほどのセリフを反芻した途端、全身からさあっと血の気が引いていくのがわかった。普段通りの冷たい彼の手から熱を奪われていくように、指先が冷え切って、かたかたと震えだしてしまいそうになる。

「……ユオラ？」

「あ……お、おめでとうございますっ……！」

ユオラは声を振り絞り、引きつる頬を持ち上げて全身全霊の微笑みを形作って見せた。

「喜んでくれるか？」

「はい！　あの、すみません、突然のことだったので面食らってしまって……」

いつか、必ずこういう日が来るのだと覚悟はしていた。イグナートは三男とはいえ、放浪中の二人の兄と父とに代わりその手腕をふるう一国の統治者だ。おまけにカーバンクルは上位種の中でも希少な存在で、心の底から愛した者としか子を生せない。ゆえに、心が許す限り、多くの妻や夫を持つことが推奨される世界に生きている。

覚悟はできていたつもりだったけれど、想像を上回る衝撃に言葉が出てこない。まちがえて泣いたりしないように、夜、ベッドの暗がりの中、何度も思い浮かべていたのに。どんな祝いの言葉を述べるか、どう笑うか、そのときイグナートはどんな顔をしているのか。

ユオラの想像では、もっと照れ臭そうで、嬉しそうな顔ではにかんでいるはずだった。ユオラの悲しみなんて一瞬で吹き飛んで、レヌが鬱陶しそうに苦言を呈するほどに。

あの堅物のイグナートが生涯の伴侶に出会えたのだから喜びもひとしおだろうと思っていた。

でも、目の前のイグナートは普段と全く変わらない。風のない日の湖面のように凪いでいる。

「ああ、以前から話は出ていたんだが……なかなかまとまらなくてね。でも決まったら真っ先にユオラに伝えようと思っていたんだよ」

「僕に？」

「そう。君にだ、ユオラ。さらに驚くぞ、今回の婚姻が正式に結ばれれば、君は晴れて自由の身だ」

「……自由？　え、でも僕は」

先ほどとは打って変わり、浮き足立ったように語るイグナートに戸惑った。

ユオラはイグナートのもので、ゴルトヴァルデの生贄だ。ゴルトヴァルデの境に住まい、ゴルトヴァルデの敵愾心のなさを示すため、ゴルトヴァルデ家から差し出された。ゆえにユオラの所属はどっちつかずだ。ケットシーでありながらアイトシュタット王国に属さず、ゴルトヴァルデに愛されながらカーバンクルでも眷属でもない。何者でもないユオラを受け入れる土地はなく、死ぬまでこの土地に留まり続けることが唯一の責務のはずだ。

「いいんだ、ユオラがここに縛られる必要はなくなるんだ。なにせお相手は王家に連なるバルビオ家のご子息なのだからね」

ユオラは目を瞠った。

「……つまり、ケットシーの男性、なのですか」

――何が起きていて、何を言われているんだろう。

薄く笑って頷くイグナートを、ユオラは呆然と見つめた。

こんな悲劇が他に存在するのだろうか。最愛のイグナートが愛したのは、ユオラと同じ種族で、しかも男性だったなんて。認めたくなかった。

もともと、カーバンクルとの婚姻に種族も身分も性別も関係ない。上位種にしか扱うことのできない秘術によって出産に耐えうるよう、相手の体を作り替えることができるからだ。さらに相手が下位種の場合生まれてくる子は必ずカーバンクルとなる。必要なのは互いに想い合う心か、カーバンクルの純粋で一途すぎるほどの想い。カーバンクルの愛無きままに子を作れば、子は胎の中で自身の魔力を制御する魔石を生み出せず死産となる。上位種ばかりが世に蔓延らぬよう神が施した呪いだ。

その呪いを恐れぬぐらい、彼はその婚約者だという人物を愛したのだ。脆弱で矮小で、身体の俊敏さぐらいしか取り柄のない、自分とおなじ劣等種を。

いや、きっと彼の中では違うのだ。ユオラとその婚約者とでは、何かが決定的に違う。とても綺麗な人なのだろうか。どこにでもいる小汚い色のユオラのものとは異なり、尾や耳の模様が特徴的だったり、毛並みが良かったりするのかもしれない。

　ともかく、ユオラではいけないのだ。同じケットシーでも、どれだけ長い時を共にしても、ユオラが愛されることはない。そういう対象にはなれない。

　現実を突き付けられて、少しの間、言葉を失った。

「こんなに遅くなってしまってすまなかった。本当はもっと早く解放できるはずだったんだが。……どうしたユオラ。嬉しくはないか？　辺鄙なところを離れて自由に暮らせるのだよ？」

「う、嬉しい、です。でもその、やっぱりまだ実感が湧かないというか、色々一気に聞いたので……」

「ああ、それはそうだろうな。つい気がはやってしまって……早く伝えたくてたまらなかったんだ」

「いえ……あ、でもその、早めに伺えてよかったです。荷物をまとめなくてはならないし。屋敷へはいつ頃戻ればよろしいですか？」

「屋敷？」

「はい、ゴルトヴァルデ家の。またお仕え出来たらとおもっ、て……」

　イグナートの表情からすっと笑みが引いたのを見て、ユオラの声が尻すぼみになった。

「……なぜ、また屋敷へ？」

「？　僕はイグナート様のものですから、それが当然かと」

そもそも身寄りのないユオラに行く当てなどない。街で暮らすにしても、住み込みで働きながら手に職をつけていくことになるだろう。どうせ同じように働くならば、少しでもイグナートに近づけるゴルトヴァルデ家がいい。もう今のように気軽に話せる関係ではなくなるだろうけれど、少しでも彼の助けになると思うだけで生きる気力が湧いてくる。ユオラの命は、イグナートのためだけに存在するのだ。

だというのに、イグナートは何かを考える素振りをして黙り込んでしまった。

近頃、市街に横行する窃盗団について思案している時と同じぐらい難しい顔をしていて、ユオラは困惑するほかなかった。

「……それは難しいよ、ユオラ」

「え……？　どうしてですか……!?」

「……それより、街へ出てみるというのはどうだろう。人が多いところにいけば、君の顔を知る人も減るから、今ほど後ろ指をさされることもなくなるだろう。王都でも私の領内でもいい。ユオラにはここで存分に役目を果たしてもらったからね、報酬といってはなんだけれど住みやすい家と、日々の生活に困らないぐらいの支援を、と思っていた」

「……」

どうしてイグナートがそんなことを提案するのか分からなかった。ユオラはイグナートの傍にいられればそれでいい。報酬だとか食うに困らない暮らしだとかそんなものはいらない。ただ近くに侍る許可がほしい。そんなただ一つのユオラの願いを、イグナートは退けてしまった。それどころか遠くの街でまた一人で暮らせという。

——いつから？

いつから、自分はイグナートにとって不要な、邪魔な存在になってしまったのだろう。そんなことにも気づかず、彼の来訪を待ちわびていた愚直な自分が恥ずかしい。イグナートもわずらわしかったことだろう。ただ生贄の機嫌をとっていたにすぎないのに。

「ユオラ？」

「っ……あの、外で暮らすなんて考えたこともなかったので。どうしたいか、決めるまで時間をいただくことは……」

「ああ、それはもちろん。数日間王都に滞在して、その帰りにまた顔を出すつもりでいるし、じっくり考えてくれて構わない。ユオラの将来のことなのだからね」

イグナートは小さく笑って、ユオラの頭を撫でた。耳を触られるとくすぐったいけれど、いやではない。むしろ幸せのあまりうっとりする。

自分から彼の掌に頭を擦り付けそうになり、ユオラは弾かれたように身を引いた。

——これも、迷惑になるかも。

怖々とイグナートの様子を窺えば、左手を宙に浮かせたままぽかんとユオラの方を見ている。

その手の甲で深紅の輝石がきらりと輝いた。カーバンクルが生まれ持つ魔力と生命の源は、唖然と見開かれた主の瞳と同じ色をしている。

表面上は嫌々ユオラの相手をしているわけではないらしい。

でも、自分が目障りな存在になり下がったのではないかと気づいた途端、接するのが怖くなってしまった。これ以上嫌われたらと思うと、恐ろしくて息をするのも苦しい。

今の態度はさすがに不審だっただろうかと、ユオラは必死に考えを巡らせて呟く。

「あ、ケットシーは特に仲間の匂いに敏感なので、婚約者様が嫌がるのではないかと。これぐらいで部屋中が匂うなんてことはないですが、近づくとイグ様から別の男の匂いがする、って」

ユオラが言うと、イグナートは納得した様子でなるほどと頷いた。

「ああ……そういうのを気にするタイプではないと思うけれどね」

「そう、なんですね。すみません早とちりして……」

そう判断できるぐらい、互いのことを既によく知っているのだ。ユオラだってこんな話をしたことはないのに。そう考えるほど、絶望的に気分が沈んでいく。

「……」

「……ユオ——」

「ねーーえ！　まだ終わんないのーー!?」

沈黙を破られかけたとき、いつの間にか姿を消していたレヌが街道から叫んで駆け寄ってきた。

正直なところ、これ以上、平然と会話を続けるのが限界だったユオラはほっとしていた。レヌは自由奔放な気性で、あまり他人に気を遣ったりしない。重苦しい空気をものともせず、すっぱり場の空気を変えてくれる彼をユオラは尊敬しているし、何度も救われていた。今もそうだった。

「積もる話もあるだろうけどこれは想定外の寄り道だからね、イグ。そろそろ時間切れ。御者が真っ青だ、とばすだろうから舌を噛みそうだなんて怒らないでくれよ」

「……分かった。向かおう。ユオラ、また会いに来るよ」

「はい、あの、お気をつけて！　そしてご婚約おめでとうございます！」

イグナートは普段以上に笑みを深めると、ひらひらと手を振ってコートの裾を翻し、馬車へ歩き出した。

——婚約、結婚……おめでたいな……でも、そのどこにも、僕は居ない。

表情と言葉と心が乖離していて、まるで自分が自分じゃないような気分だった。

「うわ……ねえユオラ、今の顔見た？」

「？　ええと、とても幸せそうな笑顔だった、よね？」

「そのあと。見てないならよかったよ」

ユオラが眉をひそめると、レヌは「見せらんないよねえ」とけらけら笑い出す。何がおかしいのか分からない。レヌは何でもないと首を横に振った。

「じゃあ僕も行くね、遅れるとうるさいんだ。……ほんとひどい主人だよ、君も大変だな」

「え」

去り際に意味深な視線を投げかけられ、いやな汗が全身から噴き出した。

レヌにイグナートへの感情を伝えたことは一度もないのに、すべてを見透かしたような台詞だった。まさかこの恋心を覚られているのか。それをイグナートに告げられていたらどうしよう。

「……ん？」

――あれ、もう、それでも問題ないんだ。

じきにユオラはイグナートの従者ではなくなるのだ。市民として生活を始めれば、顔を合わせることも、言葉を交わすこともなくなる。気まずい思いをすることもない。それならば必死に想いを隠す必要もないんじゃないだろうか。

あるいは――もしかすると、ユオラの感情に気付いているから、遠くへ追いやろうとしている？

だというのならば、むしろ腑に落ちるような気がする。

主人に身の程知らずの恋をする、奥方と同じ種族の従僕。厄介者でないはずがない。イグナートが歯牙にもかけなくとも、彼を愛する妻にとっては目の上の瘤だ。揉め事が起こらないよう、奥方が傷つかないよう、最低限の被害で済むように提案されたのが、街への移住なのかもしれない。

だとしたら、ユオラにそれを拒む権利なんてない。

最悪の結論に辿り着いた時には、既に街道の馬車は動き出しており、形だけ黒く切り抜かれたイグナートが優雅にこちらに手を振っているところだった。

今日も明日も、ユオラは一人だった。

木々のざわめきとは異なる喧騒に、ユオラは浮き足立ちながら行き交う人波の間をするりと通り抜けた。

大通りは老若男女を問わず品定めをする客と口上の巧みな客引きでごった返していて、おまけに料理や香辛料、そして他人の体臭とたくさんの匂いで満ちている。

耳と鼻がどうにかなってしまいそうになりながらも、どこか懐かしさを覚えるのはゴルトヴァルデの市街を彷彿とさせるためだ。

普段は静かな森の中でひっそりと暮らすユオラだけれど、街の騒がしさはけして嫌いではなかった。

「小瓶も古布も安く手に入ったし、こんなものかなあ……あとは薬草を見て……ああ、書き付け用の紙も見ておきたいんだった」

王都にキャラバンが滞在していると聞きつけたのは、イグナートと別れて五日目のことだった。生活に必要なものはゴルトヴァルデ家から支給されるが、仕事に使用するものは自分で揃えるようにしている。普段は森から一番近い街に向かうのだが、今回は半年ぶりぐらいに王都まで足を延ばしてみた。買い付けはもちろんのこと、道中に立ち寄る街の様子を見ておきたかったのだ。

活気のある街の姿は見ていて飽きないし、散策するのも楽しい。ゴルトヴァルデ共和国への侵攻を目論み、王政そのものに不満を持つレジスタンスの動きが活発化しているという噂は、まるで別の国の絵空事のように思えた。

けれど、やはり自分がここで暮らす姿というのはどうにも想像できなかった。

人々が生き急ぐような土地に、果たして自分が入り込むだけの余地はあるのだろうか。

思案しながら、ケットシーらしい器用な身のこなしで道を歩いていると、大型の馬車の前できらびやかな輝石を並べた露店が目に入った。それこそが今回の目的の一つ、旅の大商隊だった。

その天幕の下で、透明感のある真っ赤な石の嵌められたチョーカーを掲げた、がたいのいい男が声を張り上げている。

美しい宝石の逸話を朗々と語る声に惹かれ、ユオラは見慣れない刺繍の敷布の上を覗き込んだ。並んでいるのは透明度が低くあまり磨かれていない雑な作りの宝飾品だった。偽物ではないようで、街で暮らす商人クラスであれば、娼婦や自身の娘に軽い気持ちでプレゼントできるだろう。もう少し職人が手間暇をかければ祝いの品としても申し分ない。

赤い石は天空の果てに住まうドラゴンの瞳から、青い石は空のように澄んだ海の底から採取されたもので、かつてこの二つの石を以て神々が契りを交わし、獣のしるしを持つありとあらゆる種族が生まれた——世界各国に語り継がれて聞き飽きたような創世神話も、語り手が変わるとまるで違ったもののように聞こえる。

その店の片隅に、乱雑に積み上げられた紙の束と手製らしい数冊の本が並べられているのが見えた。ユオラは思わず目を輝かせ、人の合間を縫って紙束の前へと進み出た。

「おっと」

「あ、すみません」

「いやいや、あんたも収集家か商人かい？　若いのに魔女の写本に興味があるなんて珍しいねえ」

ユオラがしゃがみこむと、先に紙束をめくっていた壮年のケットシーが笑った。

ユオラの見込み通り、そこにあるのはすべて『渡りの魔女の手記』だった。

渡りの魔女は、この世界を自由に飛び回る謎多き賢人たちの総称だ。獣よりも人に近く、人よりも精霊の類に近い彼女たちは、世界中を旅してこの世のありとあらゆる謎を紐解くことに生涯をかける習性がある、とされている。解き明かしたこと、あるいは見聞きしたこと、それのみならずその日の出来事を思いのままに紙に綴ることを好むという。とある新種の果実は美食家の魔女の文献から探し出され、とある病の治療法は薬学を追究する魔女の記録からもたらされたらしい。残された記録は膨大で多くの功績を残したにもかかわらず、人目につくことを嫌うのかその姿を知る者はいない。渡りの魔女とはそういう種族ではなく、知識を追い求める秘密結社を指すのではないか、という説もあるが、存在は謎に包まれたままだ。

「なんと。あんた、それが読めるのかね？」

「あ、はい、一応は……」

「今じゃどこの国でも使われていない魔女の秘文字じゃないか……一体、どこでそれを」

怪訝な顔をする壮年の男に、ユオラは曖昧に微笑み返した。

なぜか、なんてユオラにもわからない。カーバンクルに関する古書を読み漁っていたときには、すでに自然と古代の文字を理解できていた。難解な表現を読み解こうと、写本を片手にレヌとイグナートのもとを訪ね、「これが読めるのか」と驚嘆されたのが懐かしい。由来のわからない力を不気味に思うこともあったが、今ではもしかするとイグナートの力になれるかもしれないと一縷の希望さえ見出している。

数多の写本も作られている魔女の手記は、こうして投げ売りされることも多い。それでもユオラは一縷の望みをかけて一通り目を通すことにしていた。

——これ、読んだことある……これも、写本の異国翻訳版だ。

ユオラはごわついた羊皮紙を指でなぞり、ふう、とため息をついた。

これといって目新しい情報はなかった。

ユオラの住む小屋も、かつて秘術を極めた魔女の仮宿として建てられたものだという。室内には薬やいくつもの手記が残されたまま放置されていた。ゴルトヴァルデ家に近いことで以前は交流があったのか、ユオラの知る中で最もカーバンクルの生態について詳細に記されていたのが、その小屋の魔女の手記だった。

その中にさえユオラの追い求めている情報は存在しなかったのだ。

――そうだ、結局、イグナート様の手助けもできないままだ。

ゴルトヴァルデ家に居た頃は、どうにか彼の悩みを払拭できないかと薬師や錬金術師のもとに通いつめ、ありとあらゆる薬の知識を得た。分かったことは、その素質は生まれながらに決まっており、今更どうしようもないということだけだった。

それでも諦めきれず生涯をかけて解決法を探すつもりでいた。だというのに、もうじきイグナートの傍を離れなくてはならない。それが無念でどうしようもなかった。

「……いっそ、キャラバンに加えてもらうとか……？」

はっとした。悪くない思い付きだ。世界を旅しているうちに、何らかの秘術を手に入れることができるかもしれない。

どうせ離れて暮らすのだから、別にこの国にこだわる必要はないのだ。幸いユオラには多少の薬草学の心得があるし、ゴルトヴァルデに融通が利く。下っ端として雇い入れてもらえるかもしれない。

「あっ……！」

思いがけない閃きに思わず足を止めたそのとき、追い抜こうとした何者かと右肩がぶつかった。そのまま小石につまずいてよろけ、抱えた荷物の重みを支えきれず、路肩に停められていた馬車にどんっ、と激突してしまう。

「急に止まんな！　気ぃつけろ！」

「ご、ごめんなさい……！」

その場にしりもちをついたユオラは額を押さえ、慌てて地面に転がった荷袋を抱き寄せた。妙な音はしなかったが、脆いガラス瓶は割れてしまったかもしれない。自分の迂闊さに思わずため息が出た。

「だめだなあ、もっとしっかりしないと……」

「そこのお前！　なんてことをしてくれたんだ！　……ああ、よかった無事だ！　ったく、大事な馬車に傷がついたらどうしてくれる！」

頭上から、ぶつかった相手とはまた異なる怒声が聞こえて、ユオラは文字通り飛び上がって驚いた。

顔を上げると、鞭を持った仕立ての良いシャツを着た男が毛を逆立ててユオラを睨むように見下ろしているではないか。ユオラがぶつかってしまった馬車の御者らしい。その時になってようやく、その馬車の装飾の優美さと所有者が相当な貴人なのであろうことに気付いた。

「っ、ごめんなさい！　よろけてしまって……！」

「ふらふら歩きやがって、いい迷惑だよ！」

申し訳なさに耳が垂れ下がり、尾が項垂れる。何度も謝罪を口にしたが御者の怒りが収まる様子はなく、光沢のある木目の表面や装飾を撫で摩りながらユオラを責め立て続ける。

「磨いて何重にも塗料を塗り重ねて、傷がつかないように大事に使ってるんだ。その修理代をお前みたいなヤツが支払えるのか？　ええ？」

「いえ……本当に申し訳ありませんでした」

頭を下げながらちらりと自分がぶつかった辺りを見やるが、傷がついた様子はない。何事もなかったのだから許してくれてもいいじゃないかと思うが、この男の目的は目下の者を叱り飛ばして憂さ晴らしをすることなのだろう、謝罪以外の言葉を発するなんて火に油を注ぐようなものだ。

じっと耐え忍んでいるものの、通行人の視線が気になる。何をしでかしたのかと足を止めかける者までいる始末で、恥ずかしさでいたたまれなくなってしまう。

「本当に反省してんのか？　ったく見るからに田舎くせえガキだな、そのくせに腕は細いわ色は白いわ、きっと野良仕事でも使い物にならねえんだろうなあ」

「っ……」

話題が馬車とは関係のないところに飛んだのを聞いて流石のユオラも奥歯を噛み締めた。ここまでくるとただの罵倒だ。

――我慢、この人の気が済んだらおわり、美味しいものでも買って宿へ戻って……。

「まあ田舎者にゃあどこの家門の馬車かも分からねえのかもなあ、だからそんな態度でいられるんだろ？　王の遠戚のバルビオ家だ、覚えておけよ？」

――バルビオ家？

聞き覚えのある家名にユオラははっと顔を上げた。その反応を誤解したらしい御者が、にやりと口の端を持ち上げて笑う。

「流石に知ってるか、何といってもご子息はゴルトヴァルデ家に嫁がれるんだから――」

「いったい何の騒ぎだというのだ？」

御者の背後から、空気を貫くような冷たい声が響いた。けして低くはないのに、重くて感情の色が見えない。

男が慌てて身を引き跪くと、馬車にもたれかかりながらこちらを見つめていた少年の眼が見開かれた。

「……お前は」

薄灰色のなめらかな生地のような光沢をたたえた小さな耳に、すらりと長い尾。肩の高さで切りそろえられた髪は銀色に輝き、青く輝く切れ長の双眸が印象的な美しい少年だった。血気盛んなケットシーの貴族らしく、腰に護身用の短剣を携えている。フリルをふんだんにあしらったシャツの胸元には、瞳と同じ色のカメオ。身に着けた装飾品はどれもシンプルながら品があり、彼の繊細な美しさをよく引き立てている。

何もかもが洗練されていた。御者に田舎者と詰られたのも当然のことのように思えた。

「ヴァーレン様……この小僧が馬車にぶつかってきましたので、傷がついたらどうするのだと注意していたところでして……」

「ふうん、僕の馬車に？」

ヴァーレンと呼ばれた少年は酷薄そうな笑みを浮かべてユオラに近づいてきたかと思うと、顎を摑んで上から瞳を覗き込んできた。

「……わざとか？」

「へ？」

ユオラが目をぱちくりさせると、ヴァーレンの顔から笑みが消え失せた。

「とぼけるな。金の髪に鳶縞の毛並み、それといけすかないあのカーバンクルどもの匂い」

「え……」

「お前、ゴルトヴァルデの生贄だろう？」

ヴァーレンは忌々しげに吐き捨てるように言った。

この王都で自分の正体を見破られたことより、その瞳に揺れるあからさまな侮蔑と嫌悪に、ユオラは困惑した。

「主人をとられた腹いせに、どうにか溜飲を下げようと企んだのだろう？　それとも衝動的なものか？　これまでは自分だけが特別扱いされていたのだから、嫉妬にかられるのも無理はない。何にせよあまりに浅慮だがな。いけすかない連中に媚を売るから馬鹿になるんだ」

「違います、僕は本当にうっかりしていて……」

ヴーレンの視線がいっそう険をはらんだのを見て、ユオラは口を噤んだ。

彼もまたバルビオ家の一員であることが察せられるのに、まるでゴルトヴァルデ家を、カーバンクルを憎んでいるかのような口ぶりだった。両家の婚姻は祝福に満ちたものではなかったのだろうか。

すっかり圧倒されたユオラの耳元に口を寄せたかと思うと、ヴーレンは嘲るような声で囁いた。

「でも残念だったな、イグナート殿は僕との結婚をお望みだ」

「っ――……」

どんっ、と突き飛ばされるかたちで身を離され、よろめきながら何度も踏みとどまる。視線はヴーレンから逸らせない。どうしてここ数日、こうも心を千々に乱されるような不運ばかり続くのだろう。

ヴーレン・バルビオ——勝ち誇ったような顔で目の前に佇む彼こそが、イグナートの想い人だなんて。

「そ……まさかご本人とは存じ上げず、重ね重ね失礼いたしました。確かに私はゴルトヴァルデ家に仕えていた者で——」

「お前のことは既に色々と聞いている。密約によりあの森に囚われているのだと。もうお役御免だそうだが、僕にもっと感謝すべきだな。国王命令で仕方なく家格の劣る田舎に嫁いでやるのだから」

「それ、は……あの、ヴーレン様はイグナート様と恋仲にあるのでは？」

「なっ……そんなわけがあるか！」

かっと目を見開いたヴーレンがあらん限りの声で叫んだ。握りしめた拳はぶるぶると震え、ユオラを睨む瞳はひどい辱めを受けたと言わんばかりだ。

突然のことに往来の人々がぽつぽつと足を止め、二人の周囲を取り囲む人垣が出来始めている。

「好き好んで鼻持ちならない男に嫁ぐ馬鹿がいるか⁉　しかも数多の上位種がのさばる国だ……今は大人しいふりをしているがいつこの国に牙を剝くとも限らないんだぞ？　何が生贄だ、威張り散らすだけの奴らの群れで育ったケットシーの恥さらしめ！　お前など同族でも守るべき民でもない！」

「そんな……」

言いながらヴーレンが短剣を引き抜きユオラに斬りかかって来た。

──あ、まずい。

衝撃的な言葉の数々に放心していたユオラは反応が遅れ、足が凍り付いたように動かぬまま、強い日差しにぎらりと輝く銀の刃が振り下ろされるのを見ていた。

──でもまだ、死ねない。

何よりもイグナートの想い人の手によって死ぬことが申し訳なくてつらい。イグナートは心根が優しいから、婚約者と従者との間に起きた事件に心を痛めてしまうはずだ。

ギリギリのところで刃を躱そうとしたそのとき、嗅ぎなれた匂いがふわりと鼻をかすめた。

「──ユオラ！」

「えっ⁉」

突然背後から抱きすくめられたかと思うと、ヴーレンの白刃からユオラを守るようにかざされた手が──手の甲に嵌められた真っ赤な輝石が、その刃をばちばちと火花を迸らせながら弾き返していた。

眼前のヴーレンの顔に驚愕が滲む。

「っ、なぜ貴殿が……！」

「こちらの台詞ですね、ヴーレン様」

途端、刃を受け止めた輝石がひび割れていき、粉々に砕け散った。輝石の破片はさらさらと細かな粒子となり宙に溶けていく。

「イグナート様っ、どうして、あの……」

「レヌが君の匂いがするというので、見物を取りやめて急いで駆けつけて」

「そうではなくて！　だって、石、が……」

ユオラが狼狽えながら訴えるが、イグナートはまるで意に介した様子はない。金具だけになった左手の甲を一瞥してユオラに微笑んだ後、神妙な目でヴーレンの方を見やった。いつも通り薄く笑っているものの、その瞳は無言で彼を咎めている。

呆然と後ずさったヴーレンの手から短剣が滑り落ちる。

一瞬の静寂の後、事の成り行きを見守っていた人々が一斉にどよめき始めた。

「おい、見たか？　魔石が割れてるのに平気だぞあの御仁……！」

「ああ見た……魔石っていやあカーバンクルの命の源みたいなもんだろう、魔力を調整するとかいう……割れたら即死って聞いてるぞ」

「た、ただの装飾品だったんじゃねえのか。ダミーとか……」

囁きあう声を聞きながら、ユオラは自分の肩を抱くイグナートの顔を見上げた。

最後に聞こえた男の言葉は半ば当たっていた。

イグナートには魔石がない。本来、カーバンクルは生まれてくる時、その手に瞳と同じ色の魔石を握っている。魔石はカーバンクルの魔力の維持と抑制に必要不可欠なもので、彼らの肉体は無意識下で魔力を消費して生命活動を行うようにできている。魔石の破壊は魔力の喪失、すなわち死を意味するのだ。

けれど、彼は生まれ落ちた時に魔石を所持していなかった。よほど小さな欠片かと血濡れのシーツや産湯までさらったが見つからず、一時期は母親の不貞が疑われたほどだ。

この事実を知るのは、ゴルトヴァルデ家の人間と一部の使用人、そしてレヌだけだった。ゴルトヴァルデ家前当主は、一途な愛を貫きがちなカーバンクルにしては珍しく三人の妻を娶り、その上でそれぞれの間に子をもうけた。イグナートはその末子である。そのため、彼が領主としてふさわしい頭角を現すまで、魔石を持たぬ忌み子として家中でも腫れ物のように扱われていたのをよく覚えている。カーバンクルは魔石とともに生まれ落ちる。それを持たぬということは、イグナートは別種との間の子――奥方が不貞をはたらき、その不義の子である可能性が示唆されたためだ。

――イグナート様がカーバンクルであることは、目に見えて明らかな事実なのに。

憔悴しきった母子に寄り添いながら、ユオラはどうにかして彼がカーバンクルである証拠を、魔石を見つけ出したいと願って生きてきた。

「イグナート殿っ……なぜ……いや、その手の魔石は飾りだったのか？」

「ええ、左様です。私の兄などは見せつけるように実物を着飾るのを好みますが、私自身は命が惜しいので普段は見えぬところに」

「そ、そうか、なんだ、驚かせないでいただきたい。未来の伴侶を殺めてしまったのではないかと肝が冷えた」

「いえ、そのような……この度は、私の従者がご迷惑をおかけしたようで申し訳ございませんでした。よく言って聞かせますゆえ、何卒ご容赦を」

「っ、イ、イグ様……!?」

「静かに、ユオラ」

ハラハラとやり取りを聞いていたユオラの前に進み出たイグナートが静かに膝を折って首を垂れた。観衆が再びどよめく。カーバンクルがケットシーに跪くだなんて前代未聞だ。

――どうしよう、僕のせいでイグナート様にとんだ恥をかかせてしまった。

「……そうか、それでもそいつの肩を持たれるか」

「……?」

一瞬、ヴーレンの刺すような視線を感じたが――気のせいだったようだ。

罪悪感に押しつぶされそうなユオラに反して、謝罪を受けたヴーレンはどこか満足げに微笑している。それでもどこかばつが悪そうに見えるのは、彼なりに「かっとなってしまった」という自覚があるからなのかもしれない。

ヴーレンは「教育していただけるならばそれでいい。では」と言い捨てると、踵を返してそち去る。
そくさと馬車に乗り込んでしまった。御者が落ちた短剣を拾い上げ、これまた逃げるように立ち去る。

イグナートが立ち上がったのは馬車が走りだした後のことだった。これ以上は何も起こりそうもないと踏んだのか、はたまたイグナートに恐れをなしたのか、見物客も方々に散っていく。

イグナートの背中を見つめるユオラの尾は不安げに揺れていた。

「あの、イグナート様、ごめんなさい」

「……仕方がないよ、運が悪かったんだろう」

「えっ……」

振り向いたイグナートは、疲労をにじませた顔で苦笑した。

少なくとも厳しい忠告ぐらいは受けるだろうと想像していたユオラは拍子抜けしてしまう。目をかけていたとはいえ、従者が愛しの婚約者の前で粗相をしたのだ。他の主人であればきつい折檻どころか身一つで放逐されることだってありうるのだ。

「でも、どうして王都へ？」

「大きなキャラバンが来ているとうわさで聞いて、……色々と、見ておきたかったので」

「ああなるほど、じゃああの時、ついでに乗せてあげれば良かったね」

「いえ、そんな！」

その声にも普段の覇気が全く感じられずに狼狽えた。単に彼が心優しすぎるからというのではなく、今は叱る気力がないように見受けられユオラははっとした。

——もしかして、ヴーレン様の告白を聞いていた？

ヴーレンは好きでゴルトヴァルデ家に嫁ぐのではない、と言っていた。カーバンクルを嫌悪するような発言もあったし、彼らに仕えるユオラのことも軽蔑しているようだった。

表面上は婚姻を受け入れてくれていたはずのヴーレンが、腹の内では自分を嫌悪しているのだと今初めて知ったのだとしたら、彼を愛しているはずのイグナートにとってそんなに悲しいことはないだろう。

だが、命令で、とも口にしていたから、何もヴーレン一人が悪いわけではないはずだ。彼も家と国のために必死に立ち回った結果、結ばざるを得なかった婚約なのだろう。

なんて皮肉でやるせない話だろう。ユオラが命を賭してでも手に入れたい幸せは、ヴーレンにとって命を固守するために受け入れざるを得ない不幸でしかない。

そして不幸なのは、愛する人に忌み嫌われていたイグナートも同じだ。流石に傷心の彼に「どこから聞いていましたか」なんて尋ねる勇気はない。

「……ごめんなさい、僕がうっかりしなければ」

真実を知らずに済んだかもしれないのに。

続きを言えずに俯いたユオラの背を、そっとイグナートが支えるように撫でた。

「いいや、平気だよ。ユオラが怪我をせずにすんでよかった。しかし珍しいな、普段ならレヌでも捕まえられないぐらいすばしっこくて逃げ足が速いのに」

「流石にびっくりして対応できなくて……そういえば、レヌはご一緒じゃないんですか？」

「……ああ、あいつならその辺を見て回っている。視察を終えて滞在中の別邸へ帰る予定が、急に露店を回りたいなんて言い出したのはあいつだからね、まあ、そのおかげでユオラを助けられたわけだけど」

「ふふ、本当に仲がいいんですね。羨ましいなあ」

「……そうか？　そんなにあいつがいい？」

どこか胡乱げな顔で思案を始めたイグナートがおかしくてユオラは苦笑した。イグナートの親友でいられるレヌのことは昔から羨ましくてたまらない。彼の代わりになれたらどれだけ幸せだろう。

「はい、レヌはすごいなあって思います」

いつもイグナートの傍に居て、仕事を手伝ったり息抜きに付き合ったりできる、ユオラからは想像もできないほどすごい立場の人物だ。

ユオラの言葉を聞いたイグナートは、「そうか」と胸の内を押し隠すときの曖昧な微笑みを見せた。

きっとヴーレンの件が尾を引いて堪えているのだろう。ユオラでは何の力にもなれないことが歯痒いけれど仕方のないことなのだ。自分はここを離れて、後のことはレヌに任せるべきだ。

「イグナート様、レヌと馬車はどちらに？　近くまでお供いたしますので」

貴族階級にあるイグナートがふらふらと一人で出歩くのは外聞が悪い。そうユオラが申し出ると、イグナートは考え込むような素振りを見せて首を横に振った。

「いいや、問題ない。むしろユオラの方が心配だ。どこかに宿泊しているんだろう？　送ろうか？」

「僕をですか？　どうしてです？」

「もちろん、また面倒ごとに巻き込まれたら大変だろう？　私は力で負けるようなことはまずないからね」

ユオラはぶんぶんと首を横に振って平気だと必死に訴えた。冗談のつもりだったのか、イグナートはくすくすと喉の奥で笑っている。

やっと笑みを見せたイグナートの姿にほっと胸を撫で下ろす反面、こんな風に手がかかるから自分は庇護すべき存在でしかいられないのかもしれないな、とふと思った。

それからユオラの帰宅の時期と、その数日中にはイグナートが訪ねるであろうことを連絡しあい、二人は別れることにする。

「気を付けて帰るんだよ、いいね？」

「は、はい、イグナート様もお気をつけて！」

彼の背中に手を振りながら、ユオラはその輝石を失った左手と、美しい婚約者、ヴーレンのことをぼうっと思い起こしていた。

全身に刺さるような視線を受けながら、イグナートは颯爽と通りを進んだ。いかなる市場の混雑もイグナートの前では意味をなさない。人垣も、逆方向へ向かう集団も、まるで曳き波のようにさあっとイグナートのために道を空けるからだ。ケットシーの恐れと羨望をはらんだ瞳は見ていて気持ちのいいものではないが、純粋に歩きやすくていいな、とは思っている。同時に、自分が出歩くことで徒に怯えさせてしまい、可哀想なことをしているな、とも。

何はともあれ早く立ち去るべきなのだ。自分のような異分子は、出来るだけ彼らと――ユオラと関わるべきではない。

小さく息を吐いたそのとき、見覚えのある店先とその前に停められた馬車が視界に飛び込んできて、イグナートは普段の取り澄ましたような顔をつくろった。

「おやあ、遅かったねえ」

馬車馬の鼻先を撫でていたレヌが、にやりと口元を歪めて言う。

「ああ、まあ、騒ぎがあって」

「聞いてるよ、平民の猫をお偉い貴族様から庇った、いけすかないカーバンクルの旦那が出た、って」

「…………今の一瞬でこんなところまで広まったのか」

呆れたように呟くと、こちらの様子を窺っていた人々がさっと目を逸らす気配がした。今のはレヌに向けた言葉だったのだが誤解を与えてしまったらしく、これ以上彼らを刺激しないよう慌てて馬車へ乗り込んだ。間もなく馬の嘶きとともに馬車が走り出す。

自分の後に続いて向かいの席に腰を下ろしたレヌを、イグナートはじっと観察した。一般的に警戒心が強いとされるケットシーたちも、なぜかこの胡散臭そうな男には気安く接する。物腰の柔らかそうな風体のためか、それとも脆弱といっても過言ではないほど戦闘力に劣るためか。何にせよ、敵に回してはいけないのはもちろん、身内に取り込むにも必要以上に気を配らねばならない相手だとイグナートは思うのだが。

それは幼少期をともに過ごしたユオラも例外ではない――別れ際の愛らしい姿を思い起こして、無意識のうちに目を眇めていた。

「ひどい顔だ。ユオラに会ってきたのに、妙だな」

「……バルビオ家とひと悶着あったからな」

「ええ？　騒ぎの発端はユオラとバルビオってこと？　へえ……なるほど、とんでもない偶然だ。世間って狭いなあ」

庇った相手がユオラであることをさも当然のように言い当てた悪友は、いっそう笑みを深めて口笛を吹く。

「ああもう……そんな顔、ユオラの前でするんじゃないよ？　可哀想に、眉を八の字にしておろおろするのが目に見える」

「そんな顔とは？」

「なんかいたたまれない顔。すごく情けなく見えるよ、男前が台無し」

「お前に男前なんて言われるとぞっとするものがあるな」

「それは失礼」

イグナートは微笑を返した。レヌの言うとおりだ。けれど、それは自分に対してだけではない。ユオラは昔から優しすぎる子だった。親しいレヌはもちろん、ただ通りすがっただけの旅人が相手だろうと、心を砕いてその身を案じるきらいがある。

ましてや、ユオラはレヌを以前から慕っているようだった。薬草のこと、書物のこと、理由をつけて彼のもとへ出向き、ときには二人で部屋に閉じこもってイグナートには理解できない研究に没頭していた。その真剣な表情といったら、好物の焼き菓子を食すとき以上に鬼気迫るものがあり、レヌに向ける視線はきらきらと尊敬に輝いていた。

イグナートはその様子をいつも遠くから眺めていた。あの空間に自分の入り込む余地などないように思えたし、それでも仕方がなく近づくとユオラはどこか気まずそうに表情を強張らせる。ああ自分は邪魔なのだなと、縫い針でも呑み込んだかのような痛みを微笑みで黙殺したのはもう何年も前のことだ。

「っていうか、そんな状況であの子を一人で放り出してよかったの？　報復とかさあ、プライドが高いでしょう、バルビオの……ええとなんだっけ、灰白猫の坊ちゃんは」

「ヴーレン様もそこまで暇ではないだろう。ユオラがゴルトヴァルデの者であることには気づいていたようだし、あちらも衝突は避けたいはずだ」

「……だといいけど」

他人に興味の薄いレヌも、ユオラのこととなると途端に心配性になる。過保護と言っても過言ではなく、イグナートは苦笑を禁じ得ない。

「それに、ユオラはケットシーとして生きるべき者だ。不用意に手出ししてこれ以上立場を悪くすることは避けねばならない」

「えっ！　冗談だろきみ、思いっきり手を出した後にそれを言うの⁉」

イグナートは目を丸くして、腹を抱えて笑い出し始めた友人を見た。確かに彼の言う通りだった。咄嗟のこととはいえ、思い至らなかったことに驚く。

けれど、ユオラを見止めた途端に体が勝手に動いてしまったのだ、あれはどうしようもない。第一、手を出さなければユオラは斬り殺されていただろう。これから人々に愛され幸福な人生を歩むであろう彼の、その命が途絶えてしまっては元も子もない。だから、あれは必要最低限にして不可欠の加勢だった。

一つ失態を犯したとすれば、人前で魔石のフェイクを割らせてしまったことだ。婚約者であるヴーレンは、イグナートどころかカーバンクルそのものを毛嫌いしている節がある。気位が高く、自身が強者でなければ気が済まない性質はケットシーのそれのみならず貴族特有のものだろう。自身より種として上位に君臨するカーバンクルなど憎たらしくてたまらないのだろう。その反面、本能がそうさせるのか、彼は人一倍臆病だった。石が偽物であることを信じずに、不気味だと怯えさせたかもしれない。もし彼のイグナートへの嫌悪感が助長され、婚約破棄されでもしたらたまったものではない。

　この婚姻はひとえに、ユオラのために設けられたものなのだ。

目的はたった一つ、ユオラをケットシーの社会へ解放してやること。

そもそも、湖畔の仲裁人の役目も、彼をゴルトヴァルデ家から遠ざけ、ケットシーの同族のもとへ帰属させるための措置の一環だった。しかし穏やかで人見知りのするユオラはなかなか馴染めなかったようだと知り、次の段階へと話を進めることにしたのである。

　だというのに、ユオラはあまり嬉しそうではない。むしろ納得がいかないような、反抗的な素振りさえ見せる。どうにも腑に落ちなかった。あの侘しい小屋から出られると知ったら、きっと喜んでくれるに違いない。その愛らしい笑顔だけを心待ちにして、ここまで話を進めてきたというのに。

「なんだか、思い悩むような顔してるなあ。きみが頭を悩ませるなんて、領地のこと以外だとユオラぐらいしか――あれ、ちょっと、魔石はどうしたの!?」

「ああ……ユオラを守ろうとしたときに、うっかり割ってしまってね」

苦笑したイグナートに、「嘘だろ」とレヌが唖然とする。無理もない、あれは遥か西方を治める同族を頼りに、堅物のドワーフを説き伏せ、フェイクだと見抜かれぬように魔力のベールを纏わせた逸品だ。彼らにはゴルトヴァルデ家の所有する古美術品を何点かと、三年分の優先交易権を対価として支払った。どちらも、西方では城が建てられるほど貴重なものだ。

必要なのは費用だけではない。制作には相応の時間も求められる。まったく同じようなものを作り直すのに、次はどれだけのものを差し出さねばならないのか。

それだけのものも、ユオラの命の前では大した価値がない。

ユオラのためならば、自分の生涯も、ゴルトヴァルデの家名もすべてを差し出せた。ユオラにとっては、そのどちらも不要なものでしかないのが悔やまれるが。

「……そんなに大事なら、おとなしく手元においておけばいいのに」

何もかも見透かしたようなレヌの言葉に、内心舌を巻いて口を噤んだ。

ユオラは、可愛い。老いてなおあどけない顔立ちが特徴のケットシーであることを除いても、繊細で柔和な印象を抱かせる目元も、野花がそっとほころぶような微笑みも、眺めているだけで心が沸き立つ。イグナートにこんな感情を抱かせる存在は、彼のほかに存在しない。イグナートが自身を犠牲にしてでも幸せでいてほしい人も、ユオラしかいない。

「だんまりか。ユオラもそれを望んでいるような気がするんだけどなあ」

ふいに達観したところを見せる友人に動揺を覚られぬよう、冗談を、とはぐらかして、窓の外へと視線を移す。

ユオラは長いこと、異種族に囲まれて寂しい思いをしてきた。このまま年月を経れば経るほど、見知らぬ世界へ飛び込む勇気や気力といったものを失っていくに違いない。自由を得て仲間とともに生きる歓びを知る、最初で最後の機会が今なのだ。自分の我儘でユオラの将来をつぶすわけにはいかない――そんな台詞は、容易く家を捨てゴルトヴァルデへ乗り込んできた自由奔放な彼には届かないだろうと、イグナートは口を閉ざした。


重い瞼を持ち上げると、部屋の中は月夜の薄闇に満たされていた。王都から帰宅した途端、これまでに経験したことのない疲労感と睡魔に襲われ、ベッドへ倒れこんだところから記憶が途絶えている。昼前に到着してから、半日以上も眠りこけてしまったようだ。

――よくわからない夢を見た気がする。

今日は海を泳いだり、常冬の山麓を凍えながら越えるという内容だった。先日読んだおとぎ話の影響だろう、ユオラの夢は、半分がゴルトヴァルデでもう半分が見たこともない土地での出来事だ。

寝過ぎたためか頭が重かった。さらに倦怠感に苛まれる身体を引きずるように起床して、ベッドサイドのオイルランプに手をかざす。掌に熱が集中するイメージを込めると、ぽうっとランプの芯に火が灯り、辺りを柔らかく照らし出す。魔術の力の強弱は、種族によって異なる。上位種になればなるほど、生まれ持つ魔力の含有量は増加する。多分に漏れず、下位種のケットシーであるユオラの魔力は微弱なものであったが、少しの工夫と日々の訓練の結果、日常生活に困らない程度に扱うことが出来ていた。イグナートとレヌの教授の賜物だ。この力がなければ人里離れた湖畔で一人生きていくことなど出来なかったはずだと、二人には心の底から感謝している。

温かな光にほっと人心地つくと、くう、と情けなく腹が鳴った。早朝に出立してから、少しの木実と水しか口にしていない。体調を回復させるためにも何か口にすべきだろうと、食品棚を漁り、簡単に夕食の準備を整える。部屋の中央に鎮座する作業台兼ダイニングテーブルに並んだのは、パンと塩漬け肉を煮ただけのスープ。粗末ながらも温かい料理を少しずつ口に運んでいく。臓腑が消化に苦戦しているのか疲労感は増す一方だったが、滋養が全身に染み込むのはよく分かった。

最後の一口を口に運んだところで、コンコン、と外と室内を仕切る唯一の扉が控えめにノックされる。

こんな夜更けに誰だろう、急病人だろうか。

「――ユオラ、私だ。こんな時間にすまない、先日の嵐で道が悪くて、馬車が進めなくなってしまってね」

「えっ……えっ、イグ様⁉」

思わず目を剝いた。夢にまで見たイグナートの声だ。不審げに腰を浮かせていたユオラは、慌てて扉に駆け寄って鍵を外した。先日、ユオラの今後の進展について話し合おうと告げられたのを思い出した。帰りしなに立ち寄るという話だったけれど、それがちょうど今日だったのだろう。

薄く扉を開くと、湖面に冷やされた夜気とともに、嗅ぎ慣れた蠱惑的な匂いが流れ込んでくる。ユオラはその隙間から、おそるおそるといった様子でそうっと頭上を仰ぎ見た。

深緑の双眸に映し出されたのは、星空と月灯りを遮るように佇む、まるで黒い影そのもののような長軀。そよいだ風に、うなじで括られた長い髪が靡いた。

まるでそういう魔術でもかけられたみたいに、とくんと一つ心臓が高鳴って、全身に纏わりつく不快感が消えていく。

「久しぶりだね。本当は昼のうちに到着する予定だったのだけれど。寝支度をしていたところかな？　邪魔をして悪いが、今日でないと時間を取れそうになくて」

「い、いえ！　今、夕食を終えたところで、それに、イグ様が邪魔だなんてありえないです！」

ユオラが必死に言い募ると、イグナートはふっと頰を緩ませた。怜悧な印象の面差しにあどけなさが宿る。あまりに美しくて直視できなくなり、慌てて顔を俯けてから、一歩後ずさって彼を招き入れた。

「今、お茶を淹れますね。いつも以上に汚いので本当にお恥ずかしいのですが……」

「ああ、あまり気を遣わずともいい。それにしても意外だな、あんなに眠るのが大好きだったユオラが夜更かしだなんて」

「え、えへへ……」

「……私の知らないところで、君も成長しているんだな」

実は昼前に帰り着いたばかりで、先ほどまでぐっすりと休眠していました――なんて漏らしたら、優しいイグナートは自分の都合を顧みずに日を改めようとするだろう。迷惑はかけたくないし、彼と夜を過ごすだなんて数年来のことだから、少しでもこの特別な時間を長引かせたいと思ってしまう。ユオラが森を離れたら、こうして二人きりで会う機会なんてもう数えるほどもないはずだ。これからを一人で生きていくために、一つでも多く素敵な思い出を作りたい。

――なんて、我儘がすぎるのかな。

結局のところ、森での役割を盾に、イグナートの厚意に甘え切っている。自分の狡さに胸をもやもやさせながら、既に着席したイグナートの前にマグを置いた。手狭な部屋に大きなテーブルを入れた都合上、隣の椅子に腰かけなければならなくて緊張した。屋敷に仕えていた頃でさえ、彼と食卓を囲んだ記憶はほとんどない。

「ありがとうユオラ。早速前回の話の続きを、と言いたいところなのだが……まずは先に謝罪させてほしい」

「謝罪、ですか？」

「そうだ、バルビオ家のヴーレン様の件で。巻き込んでしまって本当に悪かったと思っている」

いつになく真剣な眼差しを受けてぴんと張り詰めた耳が、へなりと項垂れてしまう。ヴーレンに叱られたことを思い出したからではなく、イグナートの口からヴーレンの名が出たからだ。

「……そんなに思い出したくないことだったか。驚かせて本当にすまなかった。けして悪い人ではないのだけれど、少し気難しいところもあるようなんだ。どうか君は気にしないでほしい」

「えっと……、はい。僕は大丈夫です。ちょっと、怖かったのを思い出しただけで……ほら、ケットシーは臆病だから。それに先に失礼を働いたのは僕の方なんです。だから、イグ様もどうか気になさらないでくださいね」

ユオラは精一杯の微笑みを取り繕ってそう並べ立てた。途端にイグナートがほっと表情を和らげ、ユオラの胸の疼痛がじくじくと強まる。

伴侶となるイグナートが、ヴーレンに代わり従者との仲を取り持とうとすることは何ら不自然ではない。ユオラは情に厚いとされるカーバンクルの身内同然に暮らしてきたのだから、当然、未来の身内同士には仲良くしてもらいたいのだろう。むしろ使用人を蔑ろにすることのない誠実な対応ともいえる。

だが、本来は従者ごときに詫びる必要なんてないのだ。ユオラへの謝意を表したいのではなく、想い人であるヴーレンを否定されたくないから謝罪を口にしたのではないか。そんな風に勘ぐってしまう。彼の心には常に婚約者がいるのだと知らしめられたようだった。

今は他人の名前を出してほしくないだなんて、また身の程知らずな思いが脳裏を駆け巡って自己嫌悪が加速する。

「そう言ってもらえて安心した。私のユオラを気に病ませるようなことはしたくなかったから」

「あ、う、平気、ですよ。気にしてないです」

ぽおっと頬に熱が灯り、ユオラは彼の視線から逃れるように俯いた。イグナートは不意打ちで、こんな風にユオラを誤解させるような言葉を吐く。まるで自身にとって唯一無二の特別な存在だとでもいうように、ユオラをとりわけ気に入っているのではないかと――愛してくれているのではないかと錯覚させるような、甘さをはらんだ声で、「私のユオラ」だなんて言う。

そのたびにユオラは天にも昇る歓喜に打ち震え、ふと冷静になったときに「そんなわけがない」と落胆しながら自分を律するのだった。

勘違いしてはいけない。毛並みも身分も特に取り立てるところのないユオラでは、彼の歯牙にもかからない。傍に置いてくれるのは、幼い頃からゴルトヴァルデ家で面倒を見てもらっていた、その頃からの縁があるから。イグナートが情け深く懐の深い、心優しい人だから。ユオラでなくともいい。ひとたび情を抱いた相手にならば、惜しまずにその手を差し出す人なのだ。

「それで本題なんだが、ユオラの将来についてだ。ここを出たらどうしたいとか、興味のあることとか、何か思いついたか？」

「あ、はい！　その、実は……」

言ったら後には引けなくなるかもしれない。つい言いよどむユオラを、イグナートは首を傾げて見つめる。急かすことなく、じっとユオラの言葉を待ってくれる。使用人のくせに、ユオラは幼い頃からどんくさくて要領が悪かった。けれどそれを彼に詰られたことなんて一度もない。ちゃんとユオラの言葉を聞き届けてくれる優しいところが、やはり好きだな、と思う。

だからこそ、自分は彼から離れなくてはならない。

「キャラバンに加えてもらおうかな、と思っていて」

遠くの地へ赴けば、イグナートの魔石の抽出法や症例を記した書物に出会えるかもしれない。ユオラなりに希望に満ちた答えを出したつもりだったのに、なぜかイグナートの表情が凍り付いた。ユオラが見ず知らずの人間に交じり長旅を続けるなど、あまりに頼りないと思われたのだろうか。

「あの、王都の商隊の方に聞いたんです！　薬師は引く手あまただとかで、声をかければ拾ってくれるところも――」

「ユオラ、それは許可できない」

厳めしい顔つきのまま、イグナートが静かに首を横に振る。ユオラはきょとんと目を丸くして、唖然とした。

「君にはあの国に居て欲しいと思っているんだ。他に何かないか？　店を持ちたいとか、修業したいとか。そうだ、薬師なんてやめて他の職人に弟子入りするというのは？　料理に、靴、刺繡もいいな、ユオラは手先が器用で丁寧だから、きっと向いていると思うんだけれど」

まるでユオラの反論を塞ぐようにまくしたてられてしまい、なかなか次の言葉が出てこない。

ユオラも必死に考えた末の提案なのに、どうして取り付く島もなく否定するのだろう。普段よりも口数が多いし、しっかりとユオラの話を聞いた上で、それは良い、それは良くないと嚙み砕いて説いてくれるいつもとは何だか様子が違う。ユオラの意思や展望の善し悪しにかかわらず、どうしてもアイトシュタット王国に留め置きたいように聞こえた。

「でも、僕はその、手際が悪いですから。そういうのは迷惑になるんじゃないかって」

「そんなことはない、緻密さが肝心の装飾の凝ったものを作るところを選ぶことだってできる。ユオラの為なら、私がどのようにでも口利きするよ。だからもう一度考えてみてくれないか？」

ユオラの為――。

その一言で、ユオラの身と心はいとも容易く縛められてしまう。自分という存在を案じてくれる、耳触りのよい声。それをまるで呪いのようだ、と感じた自分自身に、ユオラは恐れおののいていた。

「……どうして、キャラバンはダメなんですか」

それでもおずおずと食い下がると、イグナートが少し困ったように微笑する。聞き分けのない子供に言い含めるときの親の顔によく似ていた。その『子供』は間違いなくユオラなのだろうと思うと、歯痒くて悔しくてたまらなくなった。

「心配なんだよ、ユオラ。君が私の目の届かないところに行ってしまうことが。もし君がどこかで苦しんでいたとして、もう助けられなくなってしまうだろう？　広い外の世界を見たい、という気持ちもよく分かる。でも、どうか私の最後の我儘を聞いてはくれないか？」

　そんな言い方をされたら、頷くほかないではないか。最後の我儘、だなんて。ユオラの主であるイグナートは、ユオラの行く末に関与するだけの権限を所持している。次の仕事先を勝手に決めることはもちろん、着の身着のまま放り出されても文句は言えない。ユオラの意思を尊重してくれるだけ、とてつもなく良心的で、譲歩してくれているのだ。

「それとも、もう私の助けはいらない？」

　これも、とてつもなくずるい言い方だと思った。最後の決定を委ねるふりをしながら、拒否するわけがないことを知っているのだ。そういう余裕が滲んでいる。

　助けなんてなくてもいい。代わりに、繋がりが欲しい。

　逡巡なんて一瞬だ。ユオラは愛しい人の願いをはねのけられるほど強くはないし、互いのために自分を欺けるほど賢くもなかった。

　俯いたユオラが小さく首を横に振る。と、ふいに伸ばされた両手に、まるで壊れ物に触れるような儚さで抱き込まれていた。

「……私の我儘に付き合わせてすまない、ユオラ。でも、分かってくれてとても嬉しい。たとえこの土地を離れたとしても、どこへ行っても、君が私の大事な家族の一員であることに変わりはないのだから、ね」

「……」

どうしてだろう、彼の言葉がこんなに白々しく聞こえたことがあっただろうか。

焦がれ続けた体温と優艶な匂いに包まれているというのに、心は冷え切っていた。それでも、反射的に心臓はどくどくと早鐘を打ち、身体を巡る熱は高まる一方だ。心と体の反応が一致しない不快感は、安直な自分への嫌悪感に塗り替えられていく。

おかしいのはイグナートだけではないらしい。普段は気弱で事なかれ主義のユオラの中で、ふつふつとやり場のない怒りが湧いてくる。気が立っているというか、釈然としないというか――周りに当たり散らしたくてたまらない、攻撃的な気分だった。感情がぐちゃぐちゃで、悲観的で不安定になっている。

――どうして僕が目の前にいるのにヴーレン様の話をするの。あの方を庇うの。家族よりも他人の方が大事なの。

――どうして僕なりに考えたのに否定するの、僕だけ苦しみ続けなければならないの。

――どうして、僕じゃだめなの。

こんな風にイグナートに反感を抱いたことなど一度も覚えがなくて、自分が自分ではないようだった。

「……イグ様。いっそのこと、イグ様が決めてください。僕がこれからどうすべきなのか」

「私が？　でも、ユオラのこれからのことだろう」

「でも、僕の選んだ道は納得してもらえなかったのでしょう？」

意図せず低い声が漏れた。恨みがましい言い方をしたなと僅かな後悔がこみ上げるも、やはりいつものように感情をコントロールできない。

このままではいけないと、イグナートの肩をそっと押し返す。薄明りの影の落ちた凛々しい面差しに困惑が浮かんでいた。どうしたらいいのか分からないのはユオラも同じで、ただただ戸惑うほかない。

不自然に震える唇から、ふーっ、と獣じみた荒い息がこぼれる。まるで恐怖心に呑み込まれたときみたいに、全身の産毛まで総毛立ち、耳が横に寝るのを堪えられない。

当惑するユオラの瞳孔は散大し、まるで夜光石のように爛々と輝いていた。

「ユオラ……」

「な、生意気な言い方をしてごめんなさい。でも、僕は旅に出たいと思っていて……それ以外で、お屋敷にも戻れないのなら、どこへ行ったって同じではないですか……！」

「……うん、分かったよ、ユオラ」

「分かっていません！　イグ様は、口ばかりで僕のことなんてっ……あ、ちが……なんで、こんなこと、言いたいんじゃなくて」

「うん、ユオラ、落ち着いて。大丈夫だから」

気づけば、再びイグナートの腕の中にいた。先ほどよりもきつく圧倒的な力で身動きを封じられてしまう。その力強さが妙に心地よくて、興奮したユオラの身体から余計な力が抜けていく。

「今日はひとまず休んでくれ、体調が優れないんだろう？　立て続けに色々な話が舞い込んで、精神的に疲労するのも当然だな」

やはり、イグナートの目から見た自分もおかしかったのだ。申し訳なさとみじめさで今にも泣きだしてしまいそうなユオラの背を、優しく慰撫するようにイグナートの手が撫でさする。

途端に、腹の奥でかっと火が点るように熱が弾けた。

「……あ……っ!?」

掌が上下するたび、背筋がぞくぞくと粟立つような、未知の感覚に襲われた。瞳が潤んで息が乱れるのを覚られまいと身を引こうとするが、どうにも身体に力が入らない。異変に気付いたイグナートが、ユオラを抱き留めたまま上から様子を覗き込んで眉根を寄せた。

「ユオラ？　どうした……？」

ユオラにも理由がよく分からないが、下肢がしびれたように疼いてたまらない。呼吸も荒く、まるで発作を起こしたときの症状に酷似していた。

何でもない、と首を横に振りながら、ユオラは自身の性器がゆるく勃ちあがり始めていることと気づいてしまう。軽く触れられただけだというのに、なんて浅ましい躰だろう、衝撃と興奮で何も考えることが出来なかった。

「イグ様、放して……離れて、ください……」

「何を言っている、こんな状態で放っておけるわけが――」

太腿を擦り合わせるユオラの下腹部へ、イグナートの視線が下りる。内側で膨らんだものが、しっかりと下穿きを押し上げているのが傍目にも見て取れた。

もう隠しようがない。どうしてこんな目に遭わなければならないのか、ユオラはもう訳が分からなかった。

「ユオラ……それは……」

「な、なんでもない、んです！　見ないでくださいっ……」

それをどのように発散するのかぐらいは、一介の薬師としてユオラも知っている。寝起きや運動して興奮した後など、稀にそこが疼くことはあった。けれどここまで狂おしいもどかしさを抱いたことはなく、洗顔したり、日常生活を送るうちに落ち着いたり、水をかければ静まってくれた。人に会う直前など、どうしようもない時には自分で処理したこともあるけれど、快感より自分が自分ではなくなるような恐怖が勝り、純粋に気持ちいいと感じたことはなかった。

それなのに、今はそこに触れたくてたまらなかった。恥も外聞もなく弄り回して早く楽になりたいのに、微かに残った理性がそれを制止する。敬愛するイグナートの前で、そんな淫らな真似は出来ない。

必死にイグナートの躰を押しやろうとするが、まるで壁のように動いてくれない。ユオラを凝視する瞳が妖艶に濡れていることなど、気づく由もなかった。

「ユオラ、発情期の経験は？」

「え……あ……」

ユオラが首を横に振ると、イグナートが嘆息を交えて「そうか」と呟くのが聞こえた。

ケットシーを含む下位種には、定期的に発情期が訪れる。主に春から秋の間、数も時期も個体によるが、ユオラは服薬によって抑制し続けてきた。その時期が訪れると精神的に不安定になったり、攻撃性が増したり、誰彼構わず誘惑したり、問題行動が増える傾向があるためだ。ゴルトヴァルデ家に仕える身で、伴侶もいないユオラにとって、発情など不要なものでしかなかった。

思い返してみると、近頃はイグナートの婚約など衝撃的なことが多すぎて、すっかり自己管理を怠っていたのだ。

――これが、発情……こんなに、おかしくなるんだ。

押しのけることさえ億劫になり、次第にもたれかかるように身を傾けたユオラの下穿きへ、するりとイグナートの手が伸びてきた。

「……つらいだろう？」

「っ、え、あっ、ぁ、だめ……」

下衣ごと布をずり下げられると、いつの間にかすっかりと屹立していたそれが飛び出した。羞恥心とひやりとした夜気で小さな悲鳴をあげたユオラのそこに、イグナートの男らしく骨ばった手が絡みつく。

「っぁあっ……！」

鼻にかかった声とともに、すでに蜜に濡れていた先端から、さらに粘度の高い先走りがとろりと溢れた。それを手に塗りこめたイグナートが、ゆるゆると掌全体で包み込むようにしながらそこを擦り上げ始める。

やめてほしいのに、こんなことをさせてはいけないのに、激しく抵抗できない。もっと感じたくて、快感を追いかけることに夢中になってしまう。

イグナートには、最愛の婚約者がいるというのに。

「ふ、ぁっ、ぁ、だめ、だめです、は、ぁぁ……！」

「こんなに苦しそうにして、何がダメなんだ？　大丈夫、いつでも出していい……気持ちいいだろう？」

イグナートの巧みな動きに合わせて、自然と腰が揺れる。他人に翻弄されて快楽を与えられるというのは初めてで、自分のものとは思えないような甘い声が漏れる。

「ああ、この辺が好きなのかな？　自分で腰を振って擦りつけてきて……弄るとたくさん漏らしてしまうね？」

「や、言わないで、くだっ……ぅうう！」

くびれのあたりをぐりぐりと責めたてたあと、先端をおしつぶされて、腰が抜けそうなほどの快感がつきぬけた。

——出しちゃ、だめ、イグ様の手、汚れる、から……！

健気に堪えようとするユオラを嘲笑うかのように、イグナートが扱く手を速める。あらゆるところが敏感になり、シャツに擦れただけで、胸の突起どころか肌さえ淡い悦楽を拾い上げてしまう。もう気がおかしくなってしまいそうだ。

「ぁっ、あっ、あぁっ、で、ちゃっ……」

「いいよ、……いってごらん、ユオラ」

「っ、っぁっ……あ、あぁぁっ……！」

甘い吐息が耳にかかると同時に、ユオラは腰を震わせながら達していた。白濁が迸り、イグナートの手に収まりきらなかったものがとろりと床へ伝い落ちる。

「ふ、あ……どうし、て……イグ、さま……」

「……大丈夫か」

その一度だけで息も絶え絶えになったユオラを、イグナートは丁寧にベッドへと運んでくれた。

再び「どうして」と問いかけるだけの勇気はなかった。婚約者がいるのに、主人なのに、どうしてユオラを介抱してくれたのか、なんて答えはきまっている。ユオラを憐れんだから、イグナートが心優しい人だからだ。

そんな人物の手を煩わせ、愛する人を裏切るような真似をさせたのだと思うと、ユオラはどう詫びればいいのかわからなかった。発情の余韻でまだ気が昂っているのか、ただ、ぽろぽろと涙がこぼれるばかりだった。

毛布にくるまれたユオラを見下ろしていたイグナートは、気まずそうに視線を逸らして、何かを振り切るようにユオラに背を向けた。

そうして手際よく水入りのマグを作業台に置くと、いそいそと身支度を整え、ユオラを一瞥して家を出て行ってしまう。

本当はいかないでと引き止めたかった。けれど、ユオラにはそんな資格がない。

「っ……ずびっ、ふ、うっ……」

「──すまなかった」

そんな言葉を残され、また、ユオラは一人になってしまった。

青空の下、手入れの雑な街道を、乗り合い馬車が駆ける。乗客は定員の八割ほど。それでも、運航可能な既定の人数が集うまで、早朝から乗り込んで四時間ほど要した。辺境の寂れた村が出発点のため、定期便では赤字になるのだ。当日中に動き出しただけ幸運だったといえる。

ひとり、窓際の席でぼうっと外を眺めていたユオラは、小さくため息を吐いて手元に視線を落とした。

森林地帯の一部の職人集団の手で漉かれる、なめらかな上等の紙を使用した一通の手紙。封蠟には、あろうことかバルビオ家の家紋が刻印されている。

差出人はヴーレン・バルビオ。『薬草学に精通するという貴殿に相談がある』といった概要がいやに畏まった文体で綴られていた。

何か裏があるのだろう。けれど確証はないし、理由なく貴族からの呼び出しを断るのは憚られる。イグナートとの婚姻の件もあり、これ以上、印象を悪くすることは避けねばならない。

頼みの綱のイグナートとは、あの夜の一件以降、恥ずかしくて顔を合わせられずにいる。無論、今回のことも相談していない。また彼の手を煩わせてしまうと思うと気が引けたし、軽率にヴーレンを疑うような真似ができるわけもなかった。

叱責されるかもしれないし、牽制されるかもしれない。すべて覚悟の上で、気が進まないのが正直なところだ。でも、ひょっとするとこの国を旅立つ口実を得られるかもしれない。そう思うと何だか晴れやかな気分さえ覚えるのだった。

「よく来てくれたな。突然の申し出に応じてくれたこと、誠に感謝している」

異国の品らしい二客の揃いのティーカップが並べられると、ヴーレンは不敵に微笑んだ。

「いえ――……」

その対面に座したユオラは、強張った笑みを取り繕う。膝の上で握りしめた手は、いやに汗ばんでいた。

本来であれば生涯で一度も足を踏み入れることのなかったであろう、小奇麗な貴族街の一角に、ヴーレンの別邸は存在した。こぢんまりとしているが、レンガ造りの四角い屋敷は庭先も門扉も品よく華やいでいた。だがゴルトヴァルデ家と比較すると質素すぎるほどで、何だかヴーレンのイメージにはそぐわないな、とさえ思った。『ケットシーは飽きっぽくて職人が育たない。ゆえに絢爛豪華な装飾文化は根付かなかった』とイグナートに聞いたことがある。初めてそれを実感させられた。他国から運搬するにも技術と時間が必要だろうから、荒れた海と起伏の激しい陸路しかないこの国で、触れた傍から壊れてしまいそうな繊細な意匠はこれから先も好まれないのだろう。この部屋に辿り着くまでの間に、緊張をごまかそうとそんなことを考えた。

「あの、先日は馬車にぶつかってしまって……」

そう」

「いや、いい。もう過ぎたことだからな。こちらの手の者も神経質すぎたのだ、お互い水に流

　ヴーレンは機嫌よさげに首を横に振り、ティーカップをそっと口元へ運んだ。

「本題に入る前に、尋ねたいことがある。そなたは本当にゴルトヴァルデ家に仕えていたのだな？　いつからだ？」

「生まれてすぐだと聞いています。とうに亡くなられた奥方様が、森の中に捨てられていた僕を見つけてくださったのだそうです」

「ふうん……そなたの年の頃から察するに、ゴルトヴァルデの千変が起き始めた時期か？」

「はい、僕が引き取られた直後のことだそうです」

　ゴルトヴァルデの森が常黄の森へ変化したのは、ここ二十年足らずのことだという。それ以前は緑豊かな森林だった。

　森の木々は魔力を取り込んで生長する性質を持つのだが、取り込みすぎるとその魔力を葉に移して落葉し、力を蓄えすぎないよう調整する。その際に、何の作用か緑色の葉が黄色く色づくのだ。けれど時代を経るに従い、土中に含まれていた魔力が涸れると、落葉すること自体減少していた。それもすべてが色づくことはなく、木一本とか、一部の区画のみに留められていたのだ。黄金の森という地名は、千年前にこの森が創り出された当初の面影が語り継がれていただけに過ぎなかった。

そんな常緑の森が、突如として年中葉を散らす常黄の森へと変貌を遂げる。その起点は、確かにユオラが保護された時期にあたるのだ。

「しかし、その奥方様とやらも奇特なお方だ。ケットシーの赤子を引き入れるなど。あんなに広い森の中なのだ、これまでにも迷い子は居たのだろうに、どうしてそなただけ邸宅で育てることにしたのだろうな。町の者へ里子に出せば良いはずでは？　ゴルトヴァルデ市街には何度か足を運んだが、同族も多く見えたぞ」

「それは……仰る通りですね。詳しい話を聞いたわけではないですが、病弱だったとか、何か理由があるのかもしれません……あ」

「なんだ？　何か思い当たる節が？」

「いえ、確証はないのですが、イグナート様の遊び相手を探していた時期だったことも関係しているのかな、と」

　興味深そうに身を乗り出しかけたヴーレンが、拍子抜けしたように身を引く。

「大した話ではないんです。ただ、イグナート様は当時まだ幼くていらっしゃいましたから、自分よりも小さな赤ん坊は面白い存在だったのかもしれません。その口利きで、使用人としてですがお屋敷預かりになったんじゃないかなと」

「……ふん。つまり、自分がイグナート殿に気に入られていたからゴルトヴァルデに召し抱えられたのだと言いたいわけか」

「！　そ、そういうわけでは！　子供の頃の話です！」

あからさまに不快そうに言い放たれ、思わずたじろいでしまう。

「時期も理由も関係ないさ。一国一城の主なのだ、気に入らなければいつでも捨てられたにも拘わらず、こうして今までお前を傍に置いている。それは事実なのだろう」

でも、それはただ単に幼少期を共に過ごすうちに情が湧いただけだ。ヴーレンのようにただ一人の伴侶として想われているわけではない。そう言いかけて、イグナートを愛しているわけではないらしい彼には余計な台詞かもしれない、と口を閉ざした。

──どうして突然不機嫌になられたのだろう。

独占欲が強いのか、はたまた貴族的なプライドを傷つけてしまったのか、ユオラには判断できない。

狼狽していると、ヴーレンの薄氷色の瞳がすうっと細められた。その背後で鞭のように細い尾がゆらりと持ち上がり、左右にうねるように揺れた。

「他に、本当に心当たりはないのか？」

「えっ、と」

「気に入られた、それだけが理由だと？　どこの雑種とも知れぬ薄汚れた赤子を、次期当主に玩具とはいえ与えると思うのか？　僕ならしない。駄々をこねられたとしても、後でもっと高貴な血筋の者とすり替えておく」

まくしたてたヴーレンが、僅かに身を乗り出して口の端を持ち上げるように冷笑する。

「教えてやろうか、ことの真相を。お前があの家に保護されていた理由を」

「……保護？　僕が、ですか？　何の話を……」

ユオラが言い終えるより前に、ヴーレンはテーブルを回り込むかたちですぐ間近に歩み寄って来た。頭上の顔を仰ぎ見ると、乱暴に顎を掴まれ、上を向いたまま固定された。すべてを見透かす澄んだ双眸が、睫毛が触れ合いそうなほど近くから覗き込んでくる。ユオラは思わず息を詰めた。

「毛色こそ違えど、眸は同系色だ。顔立ちもどことなく似ている」

「ですから、いったい何を仰って……！」

「お前、国王と渡りの魔女の間に生まれた子なのだろう？」

愉快な悪戯を思いついた子供のようにヴーレンが囁いた言葉の意味を、ユオラは咄嗟に理解できなかった。

「……国王？　渡りの……何か、思い違いをなさっているのだと思います。確かに僕の住処は、かつて渡りの魔女が仮宿として建てたものだと聞いていますが」

「十分な裏付けになりうるな。魔女の家は住民を選ぶのだろう？　お前は魔女の血を引くゆえに居住を認められたのではないか」

「いえ、それはおそらく伝承に過ぎなくて……」

「ではお前は他の魔女の家に住んだことが？　その小屋が手つかずのまま放置されていたのはなぜだ？　住もうとする宿無し人や、家捜しをする盗人さえ現れなかったのは？」

「え……」

「それだけではない。ゴルトヴァルデの千変とお前の誕生に何の関連性もないとなぜ言い切れるのだ？　魔女は、お前を生かすためにあの土地に仕掛けを施し、この国か、あるいはゴルトヴァルデ家を呪い、脅したのではないか。それならば、今までお前を手放さなかったのにも合点がいく」

「そ、そんなことあるわけないです。何より、僕はその、ご存じの通りゴルトヴァルデの生贄、なんて呼ばれていて」

「それも妙な話だろうが。苦労なく大事に育てたとはいえ、使用人を間に立てただけだぞ、それがなぜ不可侵の証になるのだ？　あちらがお前を捨てて侵略を始めることも、こちらがお前を見限り侵攻を推し進めることもないとは言えない。我々はもともと同族意識が薄いのだから。けれど双方、なぜか納得しているようだ。冷静になれ。自分にそれだけの価値があると本気で思っているのか？」

「……っ――」

「前々から考えていたのだ、つまり逆なのではないか、と。王は庶子とはいえ、自身の血を引く、王子にあたるお前を差し出すことで追従の意を示したのだ。お前は、王家からゴルトヴァルデに引き渡された生贄——その名の通り『ゴルトヴァルデの生贄』なのではないか」

思考が追いつかなくて、口の中がいやに乾いていた。

どれもこれも、荒唐無稽な妄言にすぎない。何の信憑性もないし、一笑に付すべき内容だ。

それなのに、これまで見て見ぬふりを続けてきた謎が一挙に解き明かされていくような錯覚が脳を揺さぶる。疑えば疑うほど、ヴーレンの言葉が真実味を帯びて胸をかき乱した。

仮に真実だとして、どうしてそんな大事なことをずっと隠し続けていたのか、意味が分からない。

「で、も……僕、もうお役御免になるんです。そうしたら、人質の意味がないんじゃ」

「それはあちら側からも仄聞している。そのせいで僕が嫁ぐ羽目になった、まったく冗談じゃない……！」

「違います。ヴーレン様がお越しになるので、僕は暇を——」

「何も違わない、因果が逆だ。イグナート殿はお前をあの土地から追い出すために、こちらに身代わりを求めたのだ。多くを語らない方ゆえにその真意は明確ではないが、おそらく生贄の身代わりとして。それで王侯貴族が七夜の合議を開いたのち、槍玉に挙がったのが僕だ」

「……そんな」

ヴーレンの言葉を信じてはならない——いや、本当にそうなのだろうか。

少しずつ、突拍子もない話題に散逸していた思考が繋がっていく。どうやら、イグナートは、何としてでもユオラをゴルトヴァルデ領から追い出してしまいたかったようだ。けれどまがりなりにも王の血を引く者をおいそれと他国へ放り出すわけにもいかず、王都へ留まるよう、ほとんど強制する形で促した。つじつまは合う。無意識のうちに、イグナートにそんな決断を下させるような失態を犯していたのかもしれない。

頭からさあっと血の気が引いていく。しかし疑問がすべて消えたわけではない。

「ですが、その話は矛盾しています。イグナート様はヴーレン様をその、ええと、憎からず思っているはずですから……」

言いながら、ユオラの困惑は加速する一方だ。

婚約の報告に訪れたイグナートは、とても浮き足立っていたように映った。恋しい相手と結ばれることになったためだろうと納得していたのだが、ヴーレンの話によると彼は目上の諸侯に逆らえず選ばれただけで、イグナートが指名したわけではないように受けとれる。

「憎からず、だと……?」

「はい。イグナート様はヴーレン様を愛していらっしゃるのだと」

「っ！」

次の瞬間、ぱんっ、という軽快な音とともに左頬に痛みが走った。何が起きたのか理解できずにいるユオラの髪を、汚れのない指が乱暴に摑み上げる。恐怖と痛みのあまり「ひ」と引きつった悲鳴が漏れ、尾がぶわりと膨らんだ。

ヴーレンは眦を吊り上げ、憤怒にその美貌を歪めつつユオラを睨みつけた。

「どこまでもおめでたい奴だな！　いいか、僕はあの男を愛しく思ってなどいないし、あの男も僕を愛してなどいない……!!　二度と気色の悪いことをほざくなよ！」

「っ……うあっ！」

思いのほか強い力で引き倒され、そのまま床に投げ捨てられたユオラは混乱する頭で必死に思案した。

――そうか、ヴーレン様はこの婚姻に納得していらっしゃらない。好きでもない相手に好意を寄せられていると聞いて、不快に思われたんだ……！

余計なことを口走ってしまったのだ、と自身の短絡さを恥じた。イグナートの思いを伝えたくて、イグナートに幸せになってほしいあまりに余計な真似をしてしまったのだ。

――ちがう、ヴーレン様が羨ましくて、当てつけみたいに、考えるより先に口から出てた。僕なら喜んで受け入れるのにあなたはどうして、って。どこまで自分勝手で最低なんだろう。

ともかく、逆上させるのはまずい。応戦経験のないユオラだったが、身を起こすと同時に本能的に身を低くして耳を伏せた。ここは降伏の意を示すに限る。膝を折り、必死に許しを乞うた。

「はっ、なんだ、もう降参か？　散々人をコケにして、悪気はなかったなどとのたまうつもりではないだろうな」

ヴーレンは理知的な容貌とは裏腹に随分と気性が荒いようだ。ケットシーらしいといえばそれらしいが、今の彼はまるで癇癪を起こした子供のようである。

イグナートは彼の、ユオラにはないこういった一面を好んだのだろうか。だとしたら弱気で奥手なユオラでは到底かなうはずもなかったのだなと、冷静な頭のどこかで落胆する。

どんどん自分の嫌な部分を見せつけられていくことに、そろそろ耐え切れなくなりそうだった。この世界から消えてしまいたい、なんていうのは許されないだろうけれど、せめてこの場から逃げ出したい。

今のユオラでは、二人の関係も、自分自身も傷つけるようなことしかできないのだろう。

「申し訳ありません！　お許しください、差し出がましいことを申し上げてしまいました、ご不興を買うような真似も。すぐさま立ち去りますので、今回はどうかお許しください。薬の件などはまた日を改めて……」

「立ち去るだと？　馬鹿言え、何のためにお前を呼びつけたと思っている」

「え……」

意味深なヴーレンの物言いに、ユオラの背を冷たいものが伝い落ちた。薬の件は建前にしても、出生の話を持ち出してユオラを揺さぶり、憂さ晴らしをするためではなかったのだろうか。

「ゴルトヴァルデの千変の後に引き起こされる、災厄の話を知っているか？」

「……災厄？」

聞き覚えのない言葉に眉をひそめたユオラを、ヴーレンが鼻で笑う。

「当然か。王家にも知らされていない機密のようだったからな」

「なんの話を」

「もはや、お前の知る必要のないことだ。ただ一つ伝えておくことがあるとすれば、僕はお前こそがこの国を終わらせるための鍵なのであろうと確信している。……お前が命を落とすことで、災厄が引き起こされるのだろう、と」

ヴーレンが白けたような顔でぱちん、と指を鳴らすと、たった一つの出入り扉から何人もの護衛風の男がなだれ込んできた。ユオラは一瞬のうちに両腕を捻り上げられてしまい、抵抗も空しく強引に引きずられて移動を余儀なくされる。

「国を……？　なぜ、何を考えておられるのです、ヴーレン様っ……！」

ユオラが悲痛な叫びを上げても、ヴーレンが意に介する様子はない。

周囲を取り囲む男たちの隙間から見えた麗しい少年貴族の美貌は、『ざまあみろ』とでも言いたげに醜く歪んだ笑みに彩られている。

――助けて……誰か……！　イグナート様っ……！

恐怖に身を震わせながら、ユオラは気高く愛しい、最愛の主人の姿を思い浮かべていた。

　窓の外で降りしきる黄金の落葉を横目に、イグナートは自身の左手の甲を撫でた。そこには中指のリングと手首に巻いたバングルをチェーンで繋いだ、名もなき特注の宝飾品がある。黄葉よりも光沢のある金色の金具にはめ込まれているのは、血を凝らせたような深紅の石。先ほど届けられたばかりの、カーバンクルの所有する魔石を模したフェイクだ。

　数多の同族が生まれ落ちるとともに所持することとなる魔石が、イグナートにはない。彼を産んだ母は、生涯そのことを悔やみ続けて亡くなった――と認識している。

　魔石というのは、文字通り、魔力を封じ込めた石を指す。一般に出回るのは、その土地の魔力が堆積したり、吸収されたりして出来た採掘物だが、カーバンクルのそれは母胎で生成される。元来、その身に魔力をため込む性質を持つカーバンクルは、魔力に乏しい土地であろうとその影響を受けずに強力な力を駆使することが可能だ。しかし、それも強すぎてはいけない。成熟しきっていない幼子の体には容易に毒となりうる。成人してなお、他種族との交雑を繰り返した器では受け止めきれなかったり、自身を死に追いやったりするのみならず、暴走して他者へ甚大な被害を及ぼすことも考えられる。それほどまでに、始祖である氷焰魔巨竜から受け継がれた血は恐ろしく強大なものだ。

　これまでにそういった未曾有の事件が頻発しなかったのも、この魔石の効力によるところが大きい。始祖竜が自らに施していたという、不要な魔力を石化させ、体外に貯蔵するという古代のまじないの名残り。それが、カーバンクルの嬰児とともに産み落とされ、その子の体内の魔力量を調整し管理する役割をそなえた、分身とも呼べる魔石の正体だった。

それを所有していないことが何を意味するのか。それはイグナートにも、父母兄弟にも、薬師にも学者にも測りかねる問題だった。幸い、日々の生活に困らない程度の魔力は使用できている。暴走の予兆も見られない。が、いつ何が起こるともわからない。カーバンクルは総個体数が少なく、世界中に散在しているため、得られる情報も限られているうえ、イグナートのような例は確認されていない。吉ではないが、凶とも言い切れない——イグナートはそんな境界線上にいる存在だ。

今こうしてゴルトヴァルデを取り仕切っていられるのは、家族思いの父と兄の尽力によるものでしかない。

だというのに、イグナートのせいで彼らは放蕩人の烙印を押される羽目になってしまった。父は秘境を探索するため、二人の兄は美しい女人を求めてあてもない旅に出ている、と。

彼らの期待に応えるためにも、イグナートはよき君主であり続けなくてはならないのだが、どうしても脳裏には常にユオラの顔が浮かんでしまう。そのたびに、今できることをやるだけだと自身を律してどうにかここまでやってきた。

——いつか訪れるかもしれぬ、突然の死と力の暴走におびえながら。

「うわ……いつにもまして辛気臭い顔だな。眉間のしわ、取れなくなるよ」

呆れたような声に顔を上げると、十冊ほどの分厚い書籍を抱えたレヌが苦笑気味にこちらを見ていた。屋敷の裏側に面したこの書庫は、彼のお気に入りのワークスペースになっている。抱えられた古書は、代々、ゴルトヴァルデ家の当主がしたためてきたもののようだ。彼のライフワークである『ゴルトヴァルデの千変』研究に必要不可欠とのことで、閲覧を許可したのが十年ほど前。以来、書庫は彼の研究に適した環境に整えられ、蔵書と小部屋のすべてを彼が掌握している。

「近頃、物思いにふけることが増えたね。マリッジ・ブルーってやつかな？　何か薬でも調合しようか？」

「結構だよ。まだそのへんの薬草は区別がつきにくいのだろう？　知識はあるくせに千変のこと以外はとんでもないへまをするのがお前だ、信用ならない」

先月、肌荒れに効果があるのだと自分に塗布した軟膏で、両手を真っ赤に爛れさせたことを思い出したのか、レヌはごまかすように苦笑した。抜け目ないかと思えば妙にがさつでどこか憎めない、それがレヌという男だ。

しかしイグナートの言葉の通り、このゴルトヴァルデの森に関してレヌ以上に詳しい者など存在しないこと、彼が優秀な研究者であることは紛れもない事実だ。地形、植生、その分布、語り継がれる伝承に至るまでを網羅的に把握し、遠からず訪れる可能性がある災厄を回避する方法を、生涯をかけて模索するつもりなのだという。

『ふたたび黄金に輝きしのち、森は赤く染め上げられ、ほどなく大地は死に枯れるだろう』

かつて、このゴルトヴァルデを切り開いた祖先が、そう予言を残していた。

祖先がこの地に降り立った時、一帯は浸潤する魔力の影響により耐性を持つ一部の動植物と上位種しか足を踏み入れることのかなわぬ死の森だったという。その魔力を古の秘術によって中和し、ありとあらゆる種族を招き入れ、森の外に街を作り上げたのがゴルトヴァルデ家の初代の当主だ。魔力を無害な段階まで減少させるために数年の時を要し、その間、秘術の作用で植物の葉という葉が金色に染めあげられた。名もなき森にゴルトヴァルデと名付けたのは、その光景の凄艶さを残したかったからだと、最古の手記には記されている。

移住は滞りなく進み、いつしかこの森を砦に、迫害されたケットシーたちが国を作り上げた。

問題はその後、今から二十年ほど前にさかのぼる。魔力の浄化が済んだのち、数百年から千年の間、森は本来の深緑の世界を取り戻していたはずだった。それが突如、何の前触れもなく一部の木々が黄葉し、はらはらと季節を問わず葉を散らすようになった。異変は波紋のように広がり、森を覆いつくすのに一年とかからなかったという。

予言を語り継いできたゴルトヴァルデの者たちは戦慄した。何らかの手段を講じなければ、代々守り続けてきた土地が、民が死に絶えてしまう、と。

当時のイグナートはまだ十歳に満たない子供だった。父や兄は、災厄を回避する方法を求めて現在でも方々を飛び回っている。遊び怠けているという噂を流布したのは、何も知らぬ民を動揺させないためで、イグナートは魔力の操作に不安が残るため取り残されているも同然なのだ。もっとも、一族の誰かはこの場に残り采配を振るわねばならなかったため、好都合といえばそうなのだが。

そんな、家中が上を下への大騒ぎに混迷を極めていたときに現れたのが、遠縁から話を聞きつけたというレヌだった。当時は毎日が慌ただしかったために記憶がおぼろげだが、彼はゴルトヴァルデを救うため過客として滞在を許され、以来、こうして日夜研究を続けているのである。

「こういう時にユオラがいてくれたらいいのになあ。彼の薬草の知識は目を見張るものがあるし、少なくともご当主が鬱々とした顔をすることはなかっただろうし」

「……あの子のいない生活にも、早く慣れなくてはね」

できる限り思い出さないようにしていた、ユオラの顔が——薄明りの中に浮かぶ、快楽に蕩けきった表情と熱っぽい眼差しがまざまざと脳裏に蘇る。むせ返るようなフェロモンに溺れながら、淫らに絶え間なく涙をこぼす幼気な芯を手ずから慰め、その卑猥な水音と甘い嬌声を、体温を、素肌の滑らかさを記憶に焼き付けたときのことが。

本当は、手を出すつもりなどなかった。発情期の鎮静化には咳止めとして使用される薬湯が効くということは知っていたし、そもそもユオラにその兆候が現れたときのために仕入れた知識だ。ただ欲を発散するための行為であろうと、ユオラが望まない限り触れることなど許されない。その場に居合わせた者が流されるように、あの清らかな身体をひらいていいはずがない。

長い間、ずっとそう自分に言い聞かせてきた。

それなのに、欲情して潤んだ瞳で縋るように見つめられて、我を失ってしまった。自分以外の人間が、あられもなく身悶えるユオラを視界に入れ、あまつさえその性器に触れ、互いに互いを求め合う、そんな未来を妄想して、いつの間にか憎悪と嫌悪に理性が焼き切られていた。

その直前、ユオラの反抗的な態度に衝撃を受け、困惑していたことも関係しているだろう。

イグナートとしてはユオラに自由に生きてほしいだけだ。そもそも彼を屋敷から追いやるように湖畔に住まわせたのは、他のケットシーの仲間と関わる機会を増やしてほしいがためだった。使用人としての幼少期から与えられた責務のことなど忘れて、一人の人間として幸せを掴んでほしかった。彼はケットシーとは思えぬほど奥手な性分であったし、ゴルトヴァルデ家の使用人であるべきだという考えに囚われ続けていたため、ああするのが一番手っ取り早かった。生贄だなどと揶揄されている噂も耳にしたがとんでもない、涙を呑んで手放したのに。

——何が不満なのだろう……あの反発の仕方は発情の影響だけとは思えない。

ユオラの望むままに住居も仕事先も用意するし、かつての朋として金銭的な支援も惜しまない。

どんな生活を送ろうとかまわない。ただ、自分の目の届く範囲に居てほしい。イグナートの願いはそれだけなのに、ユオラはあからさまに難色を示し、投げやりになった。過保護すぎる、と嫌気が差したのだろうか。しかし、ほんの少し前までは『ゴルトヴァルデ家に仕え続けたい』と口にしていた覚えがある。それではまたユオラを自分の手元に縛り付けてしまうことになるし、そうなると二度と手放せなくなりそうなので断ったのだが。

「……まさか……」

「んん？」

休憩用のソファで身をのけぞらせたレヌの方へ、視線が吸い寄せられた。カーバンクルにしては線が細い体つきに、飄々とした面差し。その狡猾な印象をシンプルな金縁のモノクルがいっそう引き立てている、研究のことしか頭にない奇人。

――ユオラは、レヌの傍を離れたくなかったのでは。

どうしてそんな簡単な答えにたどり着けなかったのだろうと、愕然とした。

何か悩みがあるとき、あるいは迷いがあるとき、ユオラが頼るのはイグナートではなくレヌの方だった。ユオラと同室に居るのがイグナートだったとしても、彼は別室のレヌを捜しに行くのだ。あまり勉学を好んでいなかったにもかかわらず薬師を志すようになったのも、レヌと行動を共にするための方便だとすると説明がつく。

書庫の巨大な本棚の前で楽しげに言葉を交わす二人を、羨望と疎外感に苛まれながら見守るほかなかった日々のことを思い出す。あの時すでに二人だけの世界が作り上げられていたとしたら。そこに自分の居場所などないことを、イグナートは既に直感的に知覚していたのかもしれない。

「……いや。私は、あの子にひどいことをしてしまったのかもしれないと、ふと思い至って」

目を逸らさぬまま呆然と呟くと、レヌがきょとん、と目を丸くしてから口元を歪めた。

「なんだ！　はは、やっと気づいたのかい⁉　自覚したうえでそうしているのだとばかり思ってたよ！　よかった、僕にろくでなしの友人なんていなかったんだね」

イグナートは絶句した。

「な……………お前は気づいていたのか、その、ユオラの……」

「当然でしょう？　見ていれば分かるよ、ユオラはとても分かりやすい子だ。まあ、なんていうか……恋は盲目というか、イグ、かなり鈍感だったんだねえ」

「…………そのようだ」

衝撃で頭の中が真っ白になる。あんなに近くにいたのに、一体、自分はユオラの何を見てきたのだろう。彼の幸福のためなら、この身を犠牲にしても構わなかった。その思いに嘘偽りはない。それがまさか、自己満足にすぎない思いやりが二人の仲を引き裂き、ユオラの平穏な幸せを奪い去っていただなんて。

困惑と不甲斐なさとレヌへの嫉妬が綯交ぜになり、心臓がどくどくと聞いたことのない音を立てはじめる。

ユオラは、イグナートにとって何物にも代えがたい特別な存在だ。ユオラだけだった。奇異な生まれのイグナートを何の忌憚もなく慕い続けてくれたのは。家族も使用人も十分すぎるほどの愛情を注いでくれたけれど、その裏には必ず不出来な子への憐れみが潜んでいた。子供は大人に向けられる感情に思いのほか敏感なもので、幼い頃は同族と、既に成人していた兄たちへの劣等感に常に苛まれ続けていた記憶がある。それを塗り替えてくれたのが、産着に包まれた、ただ泣き声を上げることしかできない脆弱な別種の赤子、ユオラだった。

イグナートが捻くれることなく当主としての器を備えられたのも、すべてユオラのおかげだ。彼が望むことはできる限り叶えてあげたい。しかし、自分を蚊帳の外に親交を深めていく二人を見守るだなんてこと、出来ようはずがない。

「……レヌ、相談なのだが」

「なーにー？」

「私の婚儀ののち、お前にはユオラの目付け役として王都で暮らしてもらいたい」

自分の目の届かないところでならば、どれだけ仲睦まじく身を寄せ合おうと構わない。もともと秘密裏に護衛をつけようと思っていたし、レヌならば安心して任せられる。彼ならばユオラを無下に扱ったりしないだろう。胸の痛みから意識を逸らしながら告げると、レヌは想像以上に顔をしかめて難色を示した。

「ええ……嫌だよ、都なんてうるさいし、僕みたいなのは目立つし、森から遠くなるし」

「お前っ……ユオラが心配ではないのか!?」

「そりゃあ心配だけど、自立するってそういうことだろ？　彼の場合は自立『させられる』わか」

けだし、不慣れな場所に『押し込められる』って感じだろうけど、それはきみの提案じゃないか」

「しかし、それしか方法が」

「ええ、ちょっと待ってイグ……僕にはきみが何を考えてるのかさっぱり分からない。普段はきわめて論理的なくせに、ユオラのことになると途端に思考が飛躍する。僕から見ると、数多く存在する選択肢をきみ自身が勝手に曲解して狭めてるだけで、もっといい道筋がたくさん延びてる。そもそもそんなに不安なら、きみがユオラの近くに住めばいいじゃないか。書類仕事なんてどこでもできるだろ？　指示さえあれば、屋敷と領地の管理は僕とじいやたちでどうにでも出来るし」

――それが出来たらどれだけ良かったか。

不可解そうに眉根を寄せるレヌに、思わず恨みがましい目を向けてしまう。

レヌでなくては意味がないのだ。ユオラからの好意を自覚していながら、どうしてそうも突き放すような態度を取れるのだろう。

――違う、落ち着け、間違っているのは私の方だ。

レヌには、災厄を回避する手段を講ずるという使命がある。ユオラの幸福と、その他の大勢の生命。イグナートはそうは思わないが、客観的に見れば後者の方が何倍も何千倍も重い。レヌが非情なのではなく、イグナートが甘いだけなのだ。

かくなる上は、己(おのれ)も災厄を名目に屋敷を出るという手もある。レヌの助手としてユオラを呼び戻(もど)し、ヴーレンには簡潔に訳を話して自由気ままな生活を送ってもらえばいい。そんな名案が唐突(とうとつ)に舞(ま)い降りてきた。

「……また良からぬことを考えているみたいだね、イグ、不満が顔に出てる」

「そんなにか？」

「ああ、僕から言わせてもらうと、ユオラかそれ以上に分かりやすいよきみは。ともかく、ユオラとはもっと話し合った方がいい。僕は他人の心の機微(きび)に疎(うと)いし、感情を表に出すのも理解するのも苦手な方だけど、家族同然に育ったきみたちのことぐらい、人並みに思いやってるつもりなんだ」

レヌは苦笑(くしょう)すると、これで話はしまいだ、とばかりにイグナートに背を向けて本を開く。

現在の自分が冷静さを欠いている自覚はある。決断の時は迫(せま)るものの、このままむやみに問答を繰(く)り広げて仲違(なかたが)いしてしまうより、頭を冷やして熟考した方がいいだろう。

外の空気でも吸いながら考えよう——そう立ち上がったイグナートの胸を、何かが内側からごうっ、と焼き焦(こ)がすような痛みが貫(つらぬ)いた。

「……っ!?」

「え、は？　イグ……!?　イグナート、おい！」

心臓が激しく脈打ち、あまりの息苦しさに胸を押さえてその場にくずおれる。体の中をめぐる熱が行き場をなくし奔流となって渦巻いていた。

「っ、平気だ、それより――」

駆け寄るレヌを片手で制止し、イグナートは脳内に訴えかけてくる直感に意識を向けた。断続的な危機感がまるで警鐘のように鳴り響いている。未知の感覚に戸惑うイグナートを、事態は一刻を争うのだと、本能が奮い立たせた。

「――ユオラの身に、何かがあった……！」

「待て、待ちなよイグナート！　何かっていったいっ……うえぐっ……」

街道を疾駆する馬上で舌を噛みながら、やや後方を並走するレヌが声を張り上げる。日はすでに傾き始めていた。ユオラの住まう湖畔まで駿馬を休みなく走らせたとして半日はかかる。逸る気を抑えきれず、魔術で飛ばした文の紐が解かれた気配はない。

「分からない！　何かは何かだ、ユオラにとって良くない何かが……！」

「根拠は!?」

「そんなものない！」

イグナート自身にも訳が分からない。ただ、己の中で息をひそめていたはずの何かが、体内でそう叫びながら暴れまわり、思考を焼き尽くしてしまう。

ユオラの身を案じるがあまり気がふれてしまっただけなのかもしれないが、杞憂で済むならばそれはそれで構わない。何はともあれ、彼の無事を確認しなければ。

――無事でいてくれ、ユオラ。

「レヌ、私は先に行く！　ユオラの家で落ち合うぞ！」

正面をきつく睨んで手綱を握りなおしたイグナートにレヌが何かを叫んだ。分かった、とでも返したのだろうが、荒々しい馬の走行音にかき消されてしまった。馬の扱いは下手だが、知識も豊富で機転が利く。道を外れたとしてもうまくやるだろう。なにせ、一度はユオラを任せることを許した男なのだ。

冷静になると、自身の望む、ユオラに近づいても不審がられない外見を持ち、戦闘に長け、また頭の回転が速く忠義に厚いゴルトヴァルデ領の民が、そう容易く見つかるだろうか。カーバンクルとしての特性が希薄で市井に溶け込みやすいレヌ以上の逸材が。

今後のことは後回しでいい、ユオラの安否確認が先だ。

黄金の木立を貫く路を、一人と一頭が影のごとく駆け抜ける――。

「さて、こんなに上手くいくとはな……ここからどのようにあちらの仕業だと見せかけるか……」

「…………」

薄暗く冷たい、貯蔵庫のような石組みの密室に、ユオラは座り込んでいた。その前をうろうろと往復しながら、ヴーレンが何事かをぶつぶつと呟いている。ユオラは荒縄で縛られた身を軽くよじった。縄に魔術でもかけられているのか、自由なはずの両足まで、まるで蠟で固められてしまったかのように動かない。

どうにかして逃げ出さなくては、ユオラだけではなく多くの人々の命が危険に晒されてしまう——らしい。それは理解したけれど、ユオラには首謀者であるヴーレンの意図が推し量れない。

——由緒正しい家柄で、何不自由ない生活をして、イグ様との将来を約束されていて……これ以上、何を望むのかな。

無意識のうちに耳と尾がへにゃりと項垂れてしまう。

「……どうして、国を滅ぼそうだなんて……」

「頭の中に花でも咲いているのか？　憎いからに決まっているだろう？　僕を閉じ込めた一族も、好き勝手利用しようとする議会の連中も、それをよしとした王も、何も知らずに呑気に暮らすお前たちのような下々の者どもも、威張り散らすゴルトヴァルデの者も……！」

吐き捨てたヴーレンの双眸が、夜闇で獲物を見止めた獣のように爛々と輝きを放ちながらユオラをとらえる。

「ずっと復讐の機会を窺っていた。ゴルトヴァルデの屋敷で災厄について聞きかじった時には、これだと思った。あのレヌとかいう男よりも早くその秘密を解き明かしてやるのだと意を決した直後だ、お前と街で出くわしたのは。お前が分不相応にあの男の後をついて回っていたことを思い出してね。……ふふ、神は僕に味方しているらしい」

その災厄がどういうものか聞き覚えはなかったが、おそらく近隣で語り継がれている伝承の一つなのだろう。レヌが面白おかしく語ってくれたのをいくつか覚えている。そのどれもが、古の祭事を伝えていくための説話や、実際に起きた出来事を脚色したおとぎ話でしかないことも。

ヴーレンは子どもをしつけるための恐ろしい寓話か何かを、真実だと誤解しているに違いないのだ。

「考え直してください、ヴーレン様……！　どうして僕の命一つで、そんなとんでもない事件が引き起こされると思ったのですか？　樹木が紅葉するのなんてゴルトヴァルデ以外では当然のことでしょう？　黄葉にかけられたまじないが解けて本来のかたちに戻るだけ……しかも僕がその鍵だなんて」

「なるほどな。お前は森が赤く染まるという話をそう読み解いたのか」

違うのか、とユオラが目を瞬かせると、ヴーレンは「甘いな」となじるように呟いた。

「ほかにどんな意味が……」

「アイトシュタットとゴルトヴァルデ、その境界にあたるあの森が血で染め上げられるのだろうよ。お前を手にかけたのが、王国とゴルトヴァルデどちらの策謀によるものなのかをめぐり、争いが起き、大勢の兵と市民が命を落とす。その光景を予言したのだろう」

「……！」

乾いた口から、掠れたような声が漏れる。実際に起こりうる惨劇を嬉々として語るヴーレンに背筋が凍り付いた。

王国にとってユオラは国境における最初の砦だ。それが崩されたとあっては、ゴルトヴァルデが宣戦布告したのだと受け取られてもおかしくない。

「王も貴族も愚かだからな、勝ち目のない戦であろうと構わず、己の面目をつぶすわけにはいかぬと必死に尾が膨れ上がるのを隠して挑むだろう。それでよい、この国には荒廃した土地以外なにも残らない……」

禍々しく口元を歪めるヴーレンを、ユオラは呆然と凝視した。貴族の令息として育てられた彼は、将来的に家の駒として望まぬ婚姻を結ぶことが決定していたはずだ。それは彼のみならず、名家に生まれた者の後をついて回る普遍的な問題で、相応の教育を経て覚悟を決めておくもののはず。

はたして、そんな人物が政略結婚の一つや二つで国を見限るだろうか。何か、もっと根深い怨嗟の念が秘されているのではないか。

「本当にそれでいいのですか？　無関係な人々を巻き込むだなんて……！　ほかに道はないのですか？」

「この国に無関係な人間などいない！　同族であるというだけで罪なのだ、お前も！　どうして僕の身だけが呪われねばならなかった……!?」

「のろ――っ、が、っ……」

どういうことか問い返そうとしたユオラの顔を、はっと我に返ったヴーレンが蹴り飛ばした。

「……本当に、お前は愚鈍で貧弱だな」

「う……」

孤独と疎外感、心無い言葉を投げかけられることには耐性があったつもりだ。けれどユオラは、ゴルトヴァルデ家で暴力とは無縁の生活を送ってきた。幼い頃から同年代の子どもと喧嘩をしながら社会性を身に付ける同族と比べるまでもなく、荒事に慣れていない。貴族よりも頑健であるべき庶民がたった一撃で音を上げるなど、ヴーレンも想定したことがなかったのだろう。

「闘争心に欠け、気弱で力も弱い……お前、本当にケットシーなのか？　いや、渡りの魔女の血が濃いのか。彼女らも争いを嫌うために一か所へ留まらないのだと聞くが……」

ヴーレンが侮蔑を顔に滲ませてつかつかと歩み寄ってくる。また蹴られるのだろうか、と身を固くしたところで、開け放たれたドアから「ご主人様！」と男が叫んだ。先ほどユオラを捕らえた者の中に居た、従僕らしい身なりの男だ。

「取り込み中だ、今後のことは追って連絡を」

「いえそれが！　カーバンクルの屋敷に動きがあったとかで、当主らしき男が国境めがけて、おそらくそいつの家の方に馬を駆りだしたと」

「……なんだと……⁉」

その場に緊張が走るとともに、ユオラは自分の耳を疑った。趣味の乗馬やハンティングに興じる際を除き、イグナートが自ら馬に跨ることはない。また、むやみに王国の不安を煽ることは避けるべきだ、とユオラの様子を見に来る以外で国境側へ近づくこともないはずなのだ。信じがたいが、何らかの方法でユオラが捕らえられたことを知り、救助に訪れようとしているとしか考えられない。

──でも、数日家を空けることなんてそんなに珍しいことじゃないのにどうして。

ヴーレンも同じ疑問を抱いたらしい。

「お前……！　いつの間にサインを送ったんだ⁉」

「ち、ちが……！　僕は何も」

「そうですよご主人様！　通信や探査魔術を遮るベールを、高名かつ上位種の魔術師にかけさせたばかりじゃないですか！　本来ならいくらカーバンクルにだって手も足も出せませんよ！」

激昂しかけたヴーレンが、ぎり、と奥歯を嚙みしめてユオラから顔をそむける。ユオラ自身、イグナートに何かを施された覚えも無くますます状況がつかめない。

何はともあれ、今の自分にできることはただ一つ。助けが来るまで、けしてヴーレンに殺されないようにすることだけだ。

「…………くそ、策を練る間も与えられないとは。本当に美しい主従愛だな」

「ご主人様、どうなさいますか!?」

「……馬車を複数用意しろ、それから家中の者を呼び集めよ」

下知を受けた男が、慌ただしく走り去っていく。身を強張らせたユオラに向き直り、ヴーレンが蒼ざめた顔で、それでも不遜な笑みを象り告げる。

「立て、生贄。ここで終わらせる訳にはいかない。……もう、後には戻れぬのだ」


「ヒィッ……す、すみません、勝手に森にっ、俺たち何も知らないんですぅ……」

イグナートが声をかけると、野草取りの若者三人は突然の上位種の登場に腰を抜かしてへたりこんでしまった。ケットシーと、その近縁種らしき丸耳を伏せた彼らを気遣う余裕も失い、イグナートはくるりと馬の踵を返させた。その陰のある美貌は剣呑さに彩られ、目にした者すべてを圧倒した。

小屋にも、森の中にも、ユオラの姿はなかった。探査魔術の領域を限界まで広げて可能性のある反応すべてを確認してまわったが、どれも人違いだった。

——村に向かったのか？　いや、部屋が整頓されすぎていたことを踏まえると、数日は戻らない予定でいたのだろうか。

ユオラは使用人として掃除や洗濯といった家事全般を得意としている。作業台や調薬器具は綺麗に片付けられていたし、スープが作りおきされているはずの鍋も空だった。

すべてイグナートの情緒の不安定さが生み出した杞憂で、単に遠出しただけなのだと考えればつじつまは合うのだが、どうも腑に落ちない。ユオラの無事を確認できるまで、この不確かな不安感が払拭されることはないのだろう。

成果が得られないことに不満を抱きながらもユオラの住処へ戻ると、湖畔で栗駒が草を食んでいた。その家の開け放たれたままの扉を視認した途端に、どくんと心臓が跳ねる。もしや、と馬上から飛び降りて駆け込むが、出迎えたのは失笑を堪えきれずにいるレヌだった。

「残念、僕でしたー、ユオラは馬なんて使わないしね」

「……そうだな、乗馬は上達しなかった。それにしても……主が居ないのをいいことに家捜しか？　いい趣味をしているな」

「人聞きの悪い。君も手伝って、何かヒントがあるかも、依頼書とか納品書とか」

「それは構わないが……私の話を信じるのか？」

「そういう段階の話じゃないんでしょう？　僕がどれだけ否定したところで納得してくれない

だろうし、勝手に心配し続けるはず。だったら協力して手早く解決してしまう方がいいだろう？」

「……すまない」

「ただ、もしきみの勘違いだったら、きみがユオラに全部説明して謝り倒すんだ。僕は付き合っただけ、全部きみが悪いんだ、いいね？」

レヌは手元の書類に視線を落としたまま、そのうちの半分ほどを差し出してくる。

「……これは？　調合のレシピ、でもないようだが。……この形は……魔女の秘文書の書き写しと語訳か」

手触りの悪い、ごわついた羊皮紙。その全面がインクで黒く塗りつぶされるほど事細かに、何らかのメモが書き記されている。筆圧の弱い丸い筆跡はユオラのもので間違いない。

「わかった、何か手がかりがないか調べてみよう」

だが、レヌはゆるりと首を横に振った。

「そういうことじゃないんだ。……ともかく、今すぐに目を通してみてほしい」

「？」

「いいから早く、こっちのことはまかせて」

イグナートは内心で首をかしげつつも、大人しく手元の紙面に視線を落とした。秘文書以外の部分は読み解けそうだが、順序はばらばら、単語だけが補助的に書き加えられている箇所も多く、急かされるほど重要な事柄が記載されている気配はない。

「これがなんだと……ん？」

すでに興味を失いかけていた紅玉の瞳が、一つの文字列を捉え上げて見開かれた。

「……カーバンクルの魔石の性質の仮説及び生成方法……なぜこんな……」

なぜユオラがこんなことを調べていたのだろう。

顔を上げると、レヌが作業の手を止めぬまま失笑した。

「そりゃあもちろん、きみのために決まってる」

「私の？」

「そうだよ。どうにかして君の魔石を生成する手立てはないか、あるいは代用品を用意することは出来ないか。ユオラはずっとその研究に腐心していたんだ、きみには内緒にしたかったようだけれど」

「……なぜ……」

「秘密にしていた理由？　きみに知られたら研究を止められると思ったからだろうね。気にしなくていい、自分のために時間を使え、とでも言われるに決まってるから」

「お前は知っていたのか？」

「当然、相談に乗っていたからね。参考になりそうな古書をいくつか渡したりね。でもほとんどは彼の独学だ。地道に魔女の写本を収集して、解読して情報をすり合わせて……涙ぐましいね、自分を顧みない主のために必死になってさ」

「何を言う、私は常にユオラのためを思って」

「そう？　じゃああの子がどうしてきみの魔石を求め続けていたのか、わかる？」

レヌは紙面から顔を上げ、小首を傾げて、何か痛ましいものを見るような目を向けてくる。

——そんなの、決まっているだろうが。

イグナートは苦虫を噛み潰したような顔をして、意地の悪い朋友を軽く睨みつけた。

「……家族で一人だけ除け者にされて可哀想だと憐れんだか、あるいは出来損ないの主に仕えるのは外聞が悪いと考えたのか、そんなところだろう」

どちらでもいい、自分が未熟で不甲斐ないことには変わりがない。ただ、庇護すべき存在であるはずのユオラにまで気を遣わせていたという、その事実は静かにイグナートの胸を蝕む。あの天真爛漫な笑顔の裏で、彼もまた魔石を持たない主を恥じていたのかもしれない。そんなことを考えると、胸に鈍い痛みとともに苦々しい感情がどろりと滲んでいってしまう。

出来損ないで仮初めの領主でしかない自分はユオラの負担にしかならない。レヌのように、心の支えになることはできないのだ。せめてもの餞に自由を与えようとした結果、その『心の支え』とユオラを引き離してしまうぐらい無能な主ではあったけれど、彼の幸福を願う感情だけは確かで、彼の未来に想いを馳せることだけが生き甲斐だった。

そう何度も教え説いたはずの恋敵は、なぜか今にも怒鳴りつけてきそうなほど不機嫌なオーラを放ち始めている。

「……あきれた。それ、本気で言ってるの？　一旦湖に飛び込んで頭を冷やした方がいいんじゃない？」

「何だと？」

「憐れむのはともかく後者はどういうこと？　ユオラが世間体を気にして君を疎んじたりするような子だと思ってるの？」

「それは……そんなことは」

これまでの人生で聞いたことがないほど声を尖らせたレヌが、眉根をきつく寄せて睨み返してくる。普段はへらへらとどんな諍いでも避けようとする彼の反抗は、ユオラのため、婚約を結ぼうと思うと告げたとき以来だ。生涯で二度目の珍事に困惑を隠せない。

「そうじゃないなら、ユオラはなぜこんなことを」

「本当は気づいてるんだろう？」

イグナートは言葉に詰まった。

レヌが見透かしている通り、そんな都合のいいことがあるわけがない、自惚れるな、と心の底に封じ込めていた可能性が一つだけある。けれどそれはありえないはずなのだ。ユオラが恋い慕うのはレヌ一人で、それをレヌ自身も自覚しているのだから。

「ふうん、思い当たるところがあるみたいだし、今はそれでいいことにしよう」

「……そうしてくれ。で、収穫はあったか？」

「いいや、何も。日記の一つや二つあってもいいと思うんだけど…………あ、もしかしてあそこかな」

　レヌははっ、と何かを閃いた様子で顔を上げると、丸椅子を抱えて薬草の棚の前に置いた。椅子に足をかけてひょいとよじ上ったかと思うと、最上段の壺をイグナートに差し出してくる。その段に隙間なく置かれたものをすべて下ろしたいらしい。

　戸惑いながらも手伝うと、裏側に隠れていた埃や蜘蛛の巣が露になった。けれどそれだけだ、多少見た目がこざっぱりしただけで他には何も見当たらない。

「特に何も見当たらないようだが」

「いや、ここからだよ。ちょっと離れてて」

　いったい何が始まるというのか。言われるがままに部屋の隅へ下がると、レヌは下段の小瓶から一枚の乾燥させた葉を取り出し、口づけるように口元へ寄せた。

『真純の水面が聞こし召す、吾が肉軀、血潮、けけれによりて解呪願い奉る』

　秘語の呪いが呟かれると同時に、薄いガラス同士を擦り合わせる音に似た甲高い振動音に脳を揺さぶられる。

「う……これ、は……」

　不快感に耳を塞ぐ。途端、先ほど空にしたばかりの棚が、まるでインク染みのようにどこからともなく浮かび上がった簡素な装丁の本に埋め尽くされていた。

「ああ、やっぱり！　なんか変だと思ったんだよ！　はい、イグもこの中から最新のを探して！」

「……分かった」

――私の魔術感知をごまかすほどの上級魔術を、ユオラが？

技術面では数多の魔術師を上回る実力を持つレヌがこの隠し棚を見つけ出したことはともかく、ユオラの秘めていた技量には舌を巻くほかない。

本を受け取り埃にまみれた革表紙を指先でなぞる。緑一色の装丁は防腐作用が期待されたもののようだが、本文用紙は端々が欠け、明らかに劣化している。もしかするとユオラ自ら製本したために処理が甘かったのかもしれない。

ともかく何らかの情報を得ねばならない、そう雑念を振り払い、最初のページから日付を探していく。他人の日記を盗み見るのは気が引けたが、幸か不幸か中身はすべて秘文字で記されており、読解可能なのは名前とゴルトヴァルデ周辺の地名、日付ぐらいなものだ。

仔細を確かめる必要がなかったためだろう、奇妙なことに気づくのにそう時間はかからなかった。

「……これは、ユオラが書いたものではないようだが？」

読み間違いでなければ、一ページ目の書き出しは百三十年ほど前となっている。ケットシーの寿命は最長で百年ほど、ユオラはまだ生まれてもいないはずだ。角のとれた丸い筆跡はユオラとよく似ているが、女性ならばありふれた癖と言えなくもない。おそらく先代の住民である渡りの魔女の残した文献ではないだろうか。

「……いや、違う」

「なに？」

「……裏表紙のサインを見て。確かに〝ユオラ〟と書いてある」

文面を食い入るように見つめていた利発そうな相貌が怪訝に歪められる。そんな盟友の姿を目にしたのはこれまた初めてのことで、イグナートは言い知れぬ不穏な気配に総毛だつのを感じながら裏表紙を見やった。

丸い文字で綴られた署名には、ユオラ、の綴りが、ある。

意味の通った、しかし現代ではあまり耳にしない古式ゆかしい名だ。

「……そんな……先代の魔女の名もユオラだったとでも？」

絶対にありえないとは言い切れないが、そんな偶然が実際に起こり得るだろうか。しかしそうでなければ何一つ説明がつかなくなる。

「……分からない。……この日記、魔石のことは何も記されていないけれど、ゴルトヴァルデの千変について調べていた痕跡が……待って、僕の調査より詳しいぞ。ユオラは知らないはずだったよね？」

少し考えてから首肯した。話を盗み聞きされていないという確証はないが、それならばレヌか自分に一度ぐらいは確認しただろう。そんな話を持ち出されて覚えていないはずがない。

「……そういえば、ケットシーの間では明日だか明後日から秋来祭が始まるんじゃなかったか。この時期にユオラが遠出？」

「ああ！　すっかり忘れてた」

祭りの期間は国中が浮き足立ち、束の間の余暇を楽しむ。つまはじき者のユオラは、その空気に水を差さないよう、祭日の数日前から家に籠るか、祭りとは無縁のゴルトヴァルデの市街で過ごすのが通例だった。

その間にわざわざユオラのもとを訪ねる者はなく、必要な薬は事前に十分な量を届けておくらしい。他にも祭りの間は病状にあたりをつけて、呑み過ぎ、食あたり、炎症といった病状に作用のある薬を戸口に並べ、自由に持ち出せるようにしているのだと聞いていた。今回はそれが見当たらない。つまりは祭りの開始日までに一旦帰宅する予定だったということだ。

「……どこかの村で足止めを食らっているのか。それならば街道を行けばどこかで合流できるな」

それで無事が確認できたなら結果は上々、ただのイグナートの杞憂だったと笑い話にするだけだ。胸に澱のようにわだかまる疑問や違和感もじきに解消するだろう。まずはユオラ当人を見つけ出さなければ。

「あ、そういえばユオラじゃなくて、ヴーレン様が災厄についてしつこく尋ねてきたことがあったな、余りに熱心だったからよく覚えてる」

「何だと？　千変はともかく、災厄の方はあの方に何一つ打ち明けていないが……」

そう答えると同時に、頭の中で天啓じみた警鐘がぐわんぐわんと鳴り響きだした。

――ユオラはヴーレンの元に居る、間違いない……！

弾かれたように顔を上げると、真剣な眼差しのレヌと視線が交差する。互いに小さく頷きあうと、どちらともなく立ち上がり屋外へ飛び出て手綱を取った。十数年という月日を共に過ごした彼とは、こうして言葉を交わさずとも意思の疎通がかなうこともある。

目的地は王都、ヴーレンが所有する屋敷。何があの美貌の少年貴族の気に障ったのかは分からないが、ことは一刻を争う――そうイグナートの中の何かが叫んでいる。

「よっ、と……どうしたの、イグ」

「……いや……」

先ほど、レヌがあの日記の隠し場所を探し当てたときのことが気にかかる。いったい誰があそこまで難解な隠匿の魔術を施したというのだろう。

「言いたいことがあるなら言いなよ、馬を飛ばすとなると、休憩までろくに会話もできなくなる」

レヌがもそもそと馬上に落ち着いたのを視認したイグナートは、一瞬思案したのちに重い口を開いた。

「……あの日記の筆者は、いったい何者なのだろうか、とな」

目隠しをされて覆い付きの荷馬車へと放り込まれたユオラは、気温の変化から夜の訪れを察知した。手足はがっちりと縛られ、口には土っぽくかび臭い布切れが詰め込まれている。暴れることも叫ぶこともできず、横たわったままがたがたと揺れる馬車の振動をその身で受けとめていた。

活気とよどみの混じる都市の匂いが、慣れ親しんだ大地の匂いに置き換えられていく。闇に閉ざされた視界の端を黄金の片鱗がひらひらと舞い落ちる錯覚を見て、なぜか、何かに呼ばれているような気がした。

ゴルトヴァルデで何をするつもりなのだろう。隙を見て逃げ延びなければ。恐怖のあまり耳を平行に伏せて身を固くしていると、馬の嘶きとともに馬車が停車し、かさついた手で乱暴に目隠しをずり下ろされた。

「なんだ、あんまりにも大人しいから死んじまったかとひやひやしたぜ。お前を生かしたまま送り届けろって命令なもんでな」

「っておいおい、こんなどこにでもいそうな茶トラがあのカーバンクルの王様のお気に入りだって？　坊ちゃんの方がお綺麗な顔してるじゃねえか」

「んぐっ、んんんっ、うむー！」

手足をばたつかせると、こちらを覗き込んでいる男たちの下卑た笑みがいっそう深められた。片方は白黒のケットシーだが、もう片方の赤毛はおそらく狐や犬を祖とする種だろう、耳の形にも匂いにも馴染みがない。

なんにせよ、不潔で下品な男たちの顔には全く見覚えがなかった。

「お気に入りっつうか従者だったか？　案外、こういうのは顔じゃないのかもしれん。ほら、アッチの具合がいいとか」

「なるほどねえ……お前、従者なんて建前であの御仁の男妾だったってわけだ」

にたり、嘲りにみだりがわしい色が滲み、その汚れきった手が怯えるユオラの顎をとらえる。身に覚えのない侮蔑に、普段は八の字を描いてばかりいる眉がぴんと跳ね上がった。

――男妾？　イグナート様にそんな人がいるわけない。

むしろ自分にその役目を与えられていたならどれだけ幸せか――一瞬よぎった考えを必死に振り払い、気丈に男たちを睨みつける。

「なあ、何をどんな風に仕込まれた？　……せっかくだから、俺たちにも教えてくれねえかなあ？」

「っ!?」

「そりゃあいい。あのボンボン、俺たちをこき使うだけ使って少しも報酬上げやしねえ。命さえ取らなきゃ多少美味しい思いさせてもらったってかまわんだろうよ」

顔を見合わせて頷きあった荒くれ者どもの両手が、不穏にユオラへ伸ばされる。

色事に疎いユオラでも、流石に彼らが何をしようとしているのかを察して、首をふるふると横に振った。

「う、んー！　む、うぐー！」

その甲斐も空しく、背後に回り込んだ同族の男に上半身を抱き込まれる形で躰を固定されてしまい、赤毛の手が下穿きにかけられる。荒々しい手つきに背筋がぞっと凍り付いた。森での生活で孤独と虐げられることには慣れているつもりだった。心を殺すことだって造作もない。けれどそれは、あくまで危害を加えようとする者が存在しない場合の話だ。カーバンクルに与するユオラを人々は畏れ忌避していた。今、ユオラは生まれて初めて本能に忠実な悪意に晒されているのだ。

「んんっ、ふ、んぐ、ぐむ、うう！」

「暴れんじゃねえ。手元が狂っちまうだろう、うっかりブツが無くなってもしらねえぞ」

ベルトを断ち切ったナイフの切っ先で股間を小突かれ、ユオラは小さな悲鳴を上げて抵抗をやめた。

「よしよし、偉いぞ。大人しくしてりゃあ、お前にもいい思いさせてやるからよ」

「しかし細いな。肌も白くてすべすべだ、こりゃあ上位種も骨抜きにされるわけだ」

めくりあげた上衣の下に秘められていた素肌を、荒れた手が這いまわった。がさついた皮膚にくびれのあたりをさすられると、嫌悪感とともに不快感が沸きあがる。

拙く粗雑な愛撫は、気持ち悪くてみじめで、今にも泣きだしてしまいそうになった。どうして自分がこんな目に遭わなければならないのだろう。イグナートの傍に居たいだなんて、身の程知らずな願いを抱いた報いを受けているのだろうか。

「なんだよ、暴れんなって、慣れてるくせに初心なふりか？」

「ぐ、う、んんっ！」

ユオラの柔肌を勝手気ままにまさぐり、堪能しきったと見える男は、脂下がっただらしない表情で下穿きに手を伸ばし一息でずり下げた。夜の冷気に肌がぶるりと震える。あるいは純粋な恐怖のせいかもしれなかった。

白黒耳は縮こまったままの花芯を舐めるように見つめていたと思うと、太腿から足の付け根にかけてを無遠慮に撫でまわしてくる。そして自身の下穿きに手をかけ、上半身を伏せてユオラの胸元に舌を這わせ始めた。

ぞっとした。荒く獣じみた吐息、熱に浮かされ焦点の定まらない瞳、乾いた上唇を舐める赤黒く分厚い舌。

肉欲に我を失いかけたその顔のおぞましさといったら、喩えようがない。

愛しいイグナート以外の男に、身体を弄ばれようとしている。彼にさえ触れてもらえなかった蕾を、この男たちの汚らしいものでこじ開けられてしまうかもしれない。

迫りくる瞬間を直視できずに顔を逸らすと、饐えたような不潔な男たちの体臭が鼻腔から入り込んだ。強烈な臭気が全身を巡り、思考がぐちゃぐちゃにかき乱されてしまう。

——怖い、臭い、気持ち悪い、もう嫌だ……誰か、助けて……。

男の手が金の和毛のさらに下へ伸びかけたその時、どんどんと乱暴な所作で荷台の壁面がノックされた。

はっ、と男たちが警戒を強める。荷台の後方にぽうっとランタンの柔らかな明かりがちらつく。

そちらを見やれば、漆黒の外套ですっぽりと全身を覆い隠した壮年の執事の傍らで、同じように外套を纏ったヴーレンが軽蔑を露わにこちらを凝視しているではないか。

「おま——何を、穢らわしい！　男相手に盛るなど……なんという下種な……虫唾が走る……！」

「っ、旦那……！　どうしてこちらに……いえ、しかしですね、ちょっとぐらい遊んだって何か減るもんでもないですし」

「この……っ！」

慌てて弁明しようとした男の局部を、ヴーレンの鞭が思い切り打った。絶叫しながらその場をのたうちまわる男めがけて二度、三度、容赦なく鞭を振るう。その鬼気迫る表情に啞然と見入るユオラを、見開かれた碧眼がとらえた。

ヴーレンは荒い息遣いを整えると、唇を戦慄かせながら鞭をその場に放り出し、きまり悪そうに背を向けた。

「……きわめて不快だ、それには二度と手を出すな。その辺の農夫や村娘を連れ込むことも許さない。次にこんなことをしでかしてみろ、私の剣がお前たちの性器をズタズタに引き裂いたあとでその首を錆びた刃で落としてくれる。……夜明けには私は出立する、後はお前たちに任せる。抜かるなよ」

そう吐き捨てるように言い、ヴーレンは踵を返した。暴漢たちも、一瞬だけ名残惜しそうにユオラを睨み逃げるように荷台をおりていく。

薄く開いた幕の間から、仄かに月光とは異なる灯りが差し込んでいた。今まで気づかなかったが厩特有の獣の臭いが立ち込めている。いつの間にか宿場町か街路沿いの一軒宿に到着していて、ヴーレンはそちらに宿泊しているようだ。

どうやら窮地を脱したらしい。両腕を縛めていた荒縄が解けていたので、衣服を整えて端に積み上げられていた毛布を手繰り寄せて羽織った。体が温まると少しだけ前向きになれた。まだ体が震えている。逃亡する気力は無いままだけれど、現状を整理するだけの余裕は取り戻せた気がする。

――さっき、ヴーレン様に助けられた……？

騙し、攫い、自らの野望を叶えるための道具として利用しようとしている存在がどうなろうと構わないはずなのに。むしろ、あの野蛮な雇人たちはユオラを与えられた方が、よりいっそう仕事に励んでくれただろう。その方が都合が良かったはずなのに。ヴーレンは一体何を考えているのか。

緊張の糸が途切れると、途端に疲労が睡魔となって押し寄せてくる。ぼんやりと本能に身を委ねているうちに、ユオラは浅い夢の中へと引きずり込まれていた。

「どういうことだ……一足遅かったのか……？」

早朝、ヴーレン邸へと到着した二人を迎えたのは、老齢の侍女と守衛二人のみであった。ヴーレンは昨日のうちに、王城で催される秋来祭の舞踏会へ向けて複数の侍従とともに屋敷を発ったという。市街の浮かれ切った雰囲気はそのためかと、イグナートは内心で納得していた。街のいたるところにマタタビの花と国旗が掲げられ、小奇麗な広場にも露店が並ぼうとしている。王城での三日三晩にわたるパーティーを皮切りに、市民も酒と美食に酔いしれることで、寝る間も惜しむほどの農繁期と過酷な冬へ向けて英気を養うのだ。

侍女の言葉通り、朝を迎え朝食の支度に洗濯にと使用人が忙しなく動き回るはずの邸内は静まり返っている。祭りに免じて休暇を与えているのだ。なんとなく、イグナートもここにはいないのだろうと感じる。ここ数日の間にユオラらしき者が訪問したかどうか問うと、みな、口を揃えて「そんな人物は見ていない」と言う。あからさまな虚言だ。この時期になると、豪商とその使用人、伝令者、普段は王都を離れ辺境を治める貴族、ほどこしを乞う貧しい者たちが、ひっきりなしに貴族街を出入りする。そのぶん区画の出入り口付近の検問は厳重となるが、通りすがる者ひとりひとりを怠惰な守衛ごときがつぶさに記憶しているとは思えない。

後ろめたいことがあるのか、あるいは面倒ごとを回避すべく適当にあしらおうとしているのか——どちらにせよ、主の伴侶となる者への対応ではない。

そんな思いが浮かび、イグナートは自嘲した。

——真の想い人のため、愛してもいない相手と望まぬ婚姻を結ぼうとしている者が、いったい何を抜かすのか。

相手に拒否権が存在しないことを理解していながら、高圧的に取引を持ち掛けた。先に礼節を欠いたのはイグナート自身なのだから。

侍女たちに簡潔に礼を述べると、二人は再び騎乗した。

「イグ、どうする？　強行突破は難しい。後で問題になる」

「私もそこまで野蛮じゃない。……王城へ向かおう、国王と婚約者への挨拶を建前に、ヴーレンの所在を確かめる」

「……まだ色々と確定じゃないのに、充分強行的だと思うけどね。しかしそう簡単に入れてくれるかなあ」

「私の顔は知れているし、参加予定はなかったものの招待は受けている。無下には扱わないはずだ」

いいや、扱わせないという方が正しい——言外に強者らしい不遜さを匂わせ、イグナートはニヒルに嗤う。

レヌがおどけたように両手を広げてみせ、二人は王城へと馬を疾駆させた。

レヌの不安をよそに、融通が利かないことで有名な王城の門番は恐々としつつ速やかに最低限の手続きで王へと取り次いでくれた。イグナートの物々しい形相から、尋常ならざる空気を察したのかもしれない。

清らかな朝日の降り注ぐ、日当たりの良い石組みの王城を、イグナートは逸る気持ちを抑えて進んだ。出迎えは大臣と騎士を含む六人で、四方を固めるように先導される。案内というより連行されている気分であったが、彼らがひどく怯えた様子で警戒していることを鑑みると咎める気も失せた。

城内は豊穣への祈りを込め、緑に金、そして紅色の大判布が垂れ幕のように吊り下げられ、祝祭らしい奇怪な雰囲気を醸している。普段、楚々とした黄金色に包まれた世界で過ごすイグナートから見ると毒々しく思える光景でさえあった。

レヌはカーバンクルの共通語で声をひそめながら問うた。

「けどここからどうする？　誰かがユオラを捕らえていたとして素直に吐くとは思えないんだ

けど」

「吐かせるさ。この国と結んだ和平締約を反故にしてでもね」

「！　いやそれは……」

物言いたげに口をまごつかせたレヌに、皆まで言うな、と首を横に振り返してやる。それほどまでにユオラへの想いは深く、決意は固い。先代たちがアイトシュタットに手を出さなかったのは、脆弱な国民たちを憐れんでいたからでも、可愛がっていたからでも、弱みを握られていたからでもない。単に興味がなかったから。それだけだ。国へ強引に攻め入り脅かすことに意味ができた今、先祖たちが打ち立ててきた制約を保持し続ける意味など皆無だ。

「……何も言わないよ。けど今回は出来るだけ穏便に済ませるんだよ？　兵のほとんどは北と東の砦に詰めたままだ、呼び寄せるのにも時間がかかる」

ゴルトヴァルデ領の北側と東側は、大小様々な六つの国々に面しており、その情勢も様々だった。基本的に戦意を喪失している西側のアイトシュタット王国とは異なり、寒さが厳しく作物の育ちにくい北側などは、隙あらばゴルトヴァルデに攻め入り農地を僅かにでももぎ取ろうと画策している。そのため、現在は兵力のほとんどが北方の砦へ投入されていた。その戦力を削いでの開戦は懸念事項が多いため、同盟を結ぶ国々から、あるいはほかのカーバンクルの治める領地から援軍を要請することになるだろう。あるいは部隊の編制を大幅に見直す手もあるが、それだけの猶予が与えられるかどうか。とにかく、どれだけイグナートが迅速にことを運ぼうとしても、兵士の移動速度にも限界があるし、ある程度の時間を要するのは確実。

　また、北部地方を統治する領主がイグナートの要請にそう易々と応じるかも怪しいところだ。ゴルトヴァルデはいくつかの領地に分割されており、それぞれを管理する領主や王がいる。現在、その君主らの総まとめ役を任されているゴルトヴァルデ家だが、実際のところ自領にかかわる裁量のほとんどは各領主たちに委ねられていた。

　北を治めるのはフェンリルである。地の果てから逃れてきたという堕狼の一族は、主君や血縁よりも『仲間』という枠組みを重んじて行動する頑固者だ。その枷がある限り責務を疎かにすることはないだろうと領地を任せたが、西部に位置する都との関わりが少ないためか独断で政を進めてしまう節がある。

「ねえ、黙るのやめてくれる？」

「分かった」

「返事が欲しいのはそこじゃないんだけどなあ」

　絶え間なく聞こえていた人々のざわめきと、たゆたうような音楽が徐々に大きくなる。開放された大広間が近づく気配に、二人は半ば当然の仕草で厳かな雰囲気を纏うと、冷酷な為政者としての面を取り付けた。

「こちらの扉の向こうにございます。ご自由にご歓談くださいませ。陛下は順繰りに諸侯の謁見に応じておられますゆえ、少々お時間を頂戴致します。準備が整い次第、配下の者がお声がけに伺いますゆえ、なにとぞ……」

事前に使いの者でも寄越せばいいものを、という態度を隠しもしなかったゴルトヴァルデとの折衝を担当する大臣も、賓客が空気を張り詰めさせたことに気づき途端に顔色を窺いだしている。一礼して背後へ下がる護衛たちに一瞥もくれることなく、イグナートは紅玉の眼光を鋭く尖らせて前を見据えた。開け放たれた両開きの扉から、陽気で品がありながらも、どこか陰湿な喧騒があふれている。

イグナートが躊躇うことなく扉をくぐりぬけると、不穏などよめきが瞬時に波及していった。目の前の政敵に動揺を覚られまいと談笑が止むことはないが、視線は黒衣の闖入者に寄せ集められている。

イグナートは臆することなく周囲に視線を走らせ、見知った顔をひとつひとつ確かめながら、大広間の外周をゆっくりと進んだ。頭一つ分は低い人垣の向こう側で、着飾った男女がくるくると、花から花へ飛び回る蝶のように舞い踊っている。細められた深紅の眸は、その中で一際華々しく優雅に飛び回る、華麗な銀色の雄蝶を射貫いていた。

――ヴーレン様は確かにここにいる、となると今回の件とは無関係だったのか……？

否、ここまで来て杞憂だとは到底思えなかった。街道沿いの宿にも、市街にもユオラの気配は微塵も感じられなかったのだ。脳内では言い知れぬ不安感が漂い続けていた。きっと、ユオラは今も独り、イグナートの手の届かないところで苦しみ続けている。

——あの子は、私のものなのに。

「……イグナート、おでましだ」

レヌの声にはっと我を取り戻すと、銀の髪を撫でつけた碧眼の麗人が、見る者を呆けさせるようなぞっとする微笑みを浮かべて歩み寄ってくるところだった。

神々の紡いだ銀糸のごとき艶やかな髪に、水底に眠る古代の至宝を彷彿とさせる神秘的な蒼玉の眸。その麗姿はまさにイグナートの対極にある。対峙する二人は至高の名画からそのまま抜け出て来たかのようで、居合わせた者は無意識のうちに感嘆の息をこぼした。

「まさか貴殿にお越しいただけるとは。せっかくの宴です、私に一声かけてくだされればよろしかったのに。ごきげんよう、イグナート殿」

普段通りの不遜な微笑を浮かべ、ヴーレンは言外にどういう風の吹き回しかと問う。瞳の色に合わせた青い礼装がよく似合っていた。雪深い北方の地で貴重な晴れ間に伺い見た、薄氷の覆う湖面の冷ややかな色を想起させる。それも美しいが、イグナートが夢にまで見るのは穂が重く垂れた収穫間際の麦の、豊穣の黄金色だった。

「貴方の手を煩わせるには至りません、ヴーレン様、本日も麗しい。無作法ながら長居はできませぬゆえ、王にご挨拶申し上げ次第引き上げようかと」

「フィアンセがこうしてお誘い申し上げているというのに。相変わらずつれないお方だ」

「申し訳ありません。子飼いの猫が少し目を離した隙に逃げ出したようで、捜索に向かわねば

ならないのです」

ヴーレンは眉をひそめ、おどけたように小首を傾げる。その仕草はイグナートの言葉尻を掴みかねているふうにも、わざとらしくとぼけているふうにも見て取れた。

「猫？　なるほど……私との逢瀬よりも、その猫の方が大事だと仰るのですね、それはまた……」

「幼い頃から共に育ち、手塩にかけて育てた家族同然の子です。どこぞのごろつきに攫われ、ひもじくみじめな思いをしているのではないかと思うと夜も眠れずにいる次第です」

軽く揺さぶりをかけたところで、もうヴーレンが尻尾を出さないであろうことは容易に想像できた。伊達に貴族社会に揉まれて来たわけではないのだろう。せめてもの牽制に背筋が凍り付くような冷笑を返すと、僅かにたじろいだヴーレンの尾が軽く膨らんだ。彼もようやく察しただろう、その微笑みが作り物ではなくイグナートの本心から表出したものであることを。

「……過保護なことだ。それならばどうして突然王城に？　その飼い猫が迷い込めるほど手ぬるい警備ではないはずだが……まさか、その下劣な盗人が、この諸侯らの中に紛れ込んでいると？」

その言葉を皮切りに様子を窺っていた聴衆がどよめき始めると、背後でレヌが小さく舌打ちをした。

「盗人だと？　しかも猫だ？　高貴な者の集う場でいったい何の話だ」

「いや、猫というのはまさか暗喩……？　我々ケットシーのことを指しているのでは」

いきり立つ招待客らを前に、イグナートは怯むことなく周囲の人々を睥睨した。視線が交わると一瞬だけ身じろぎをするも、逆立てた毛が戻ることはなく、戦意を喪失する気配もない。元来、短気で小競り合いを好み、自分を大きく見せたがる者が多い種族だ。弱いくせに虚勢を張る姿は愛嬌があり、好ましく思うのが常だが、今は自身に盾突くものすべてが煩わしく苛立ってしまう。

レヌに踵を蹴られ、仕方なく頭を振って理性を呼び戻した。ともかく今は分が悪い。実のある情報を仕入れるためにも不用意な発言は控えるべきだ。まだユオラの失踪を知る者は少ない、一般に流布される前に主犯を炙り出す必要がある。

一触即発の剣呑な空気が漂う中、人波の後方で毛色の違うどよめきが生じ、こちらへと伝播してくる。

「何事ですかな――ゴルトヴァルデ卿、バルビオ卿」

低く深みのある声が響くと、辺りは水を打ったように静まり返る。はっとそちらを向いたイグナートは反射的に膝を折り首を垂れた。

人垣を割り進み出たのは、青灰色の毛並みに翡翠色の瞳を持つ壮年の男――豪奢な青い冠を戴いた、アイトシュタット国王その人であった。

「ご機嫌麗しゅうございます、陛下。申し訳ありません、私が軽率に参じたばかりに、皆さまのご不興を」

「いやいい、そのように畏まられるな、私の肩身が狭くなろうに」

こほん、と一つ咳払いをした王の表情は険しい。それもそのはず、このアイトシュタットはほとんどゴルトヴァルデの庇護下にある。他国からの侵略を阻む砦と言っても過言ではなく、もし和平締約が覆され、他国の侵攻支援へと回られてしまえばひとたまりもない。領主一族が無関心で無欲で、あるいは慈悲深いがゆえにこの王国は存続している。

他国との外交において、最も機嫌を損ねてはならない存在がこのイグナートなのだ。

王が視線を巡らせると、取り巻いていた貴族たちはそそくさと顔を伏せ、方々へ散っていった。最後まで見届けようとした野次馬は騎士に端へと追いやられ、会場には再び華やいだ空気が舞い戻る。その場には国王と、ヴーレンといった一部の貴人だけが残された。

「そなたが先ぶれもなく登城するとは、ただならぬ事情でもあるのでしょう。如何なさった？」

「……私の猫が、突然湖畔から姿を消しました」

いったい何の話か、と目を瞬かせた王の顔が、驚愕に歪む。遅れて、背後に控えていた忠臣の間に動揺が走った。

「それは……そのような……いや、何かの間違いではないのか。近隣の村々で薬師を生業としていると聞いておるが……」

「例年、祭日中はゴルトヴァルデへ帰郷するのが常なのですがどこにも見当たらないのです」

「わ、我々は何も存じ上げませんぞ！　あの者に手を出すなど、そのような……そちらの所領へ向かわれる途中に賊にでも襲われたのでは——ひッ」

まくし立てる老齢の宰相を、イグナートは鬼の形相で睨めつけた。昏くねっとりと纏わりつくような殺意がどくどくと胸を満たし、無意識のうちに持ち上げた左手の関節をこきりと鳴らしていた。それは失踪や誘拐よりもあってはならぬ、レヌさえ口に出すことを憚られた、最悪の惨事。

穢らわしい賊の手で最愛の存在を失うなど、想像しただけで吐き気がする。

「うーん、つまり陛下や議会はこの件に関与してらっしゃらないのですね」

イグナートを諫止するよう前に進み出たレヌが問いかけると、「当然です」と口々に戸惑いながら弁明を並べ立て始める。思案顔の国王の額に玉の汗が浮いているところを見るに、内心相当動揺しているらしい。

——あてが外れたか？　しかしここではないとすると、他に手がかりとなるものなど見当もつかない。

「我々がゴルトヴァルデの内の者に手を出すなど、何の利益にもならんではないですか。……まさか、そちら側の自作自演ではありますまいな」

「何を言い出すかと思えば……なぜ私たちがそのようなことを？」

「そちらの国も一枚岩とは言い難いのでは？　我が国への侵攻を目論む臣下の一人や二人——」

「よさぬか！　お前たちの物言いは直截すぎる……第一、それを言い出したらこちらとて同じような様相であろうに」

声をひそめてはいるが、ただならぬ空気は会場内へ波及しつつある。どちらにせよこの場では有力な情報を得られそうもない。あちらにも状況を整理し話し合う猶予が必要だろう。

「ふん、ならば、自分の命を軽んずる主に嫌気がさしたのではないですかな」

「これ、よせと」

「ならば、あの者の身勝手な行動によるものですな。責任の所在は明らかにしておかねばなりませぬ、双方に害意はなく、あれが退屈な生活に飽き飽きして出奔したのでしょう」

イグナートは瞠目した。

事実はどうであれそういうことにしておけば、互いに衝突せずにすむ。大臣の言葉は為政者側として順当な意見であったが。

「巷では、我が国とゴルトヴァルデの平和を維持するための生贄だなどと揶揄されているようですな、まったくこちらまで外聞が悪くなる！　あれも当人が流布したものではないのか？　姑息ですな、どうせご当主の情け深さに付け入り策を弄し、屋敷を離れてなお甘い汁を吸い続けようと……っ！」

瞬間、大臣の言葉はついえた。

ガラスを鳴り響かせたような、大地が震えるような、高音とも低音ともつかない耳鳴りが響いた直後、滞留していた空気がイグナートのもとで爆発した。音も風もない。にもかかわらず、圧倒的な威圧感が津波のように会場を呑み込んだ。押し寄せ張り付くような圧迫感に呼吸さえままならず、身体を全方向から押さえつけられてしまったように身動きが取れない。

イグナートから、膨大な魔力波が放出されたのだ。

「……ユオラを悪く言うのは、やめていただきたい……」

イグナートが低く唸るように言う。耳は平行に開き、尾が、全身の産毛が、今にも叫びだしてしまいたいほどの不快感とともにぞわりと限界まで逆立つ。誰ともなく、最後の力を振り絞るようなか細い威嚇の声を発していた。

レヌははっと周囲を見回した。いつの間にか音楽が止み、これまで談笑に興じていた人々の視線が一極集中している。恐怖と畏怖に畏縮し、しかし逃げ出すことも声を上げることも許されない、憐れな猫たちの視線が。

黒衣の主の周囲を取り巻く、黒い靄のような魔力の影に、会場は恐怖の底へ突き落とされている。だがイグナートにその自覚はなかった。

ユオラはこの世で最も清らかな存在だ。そうでなくてはならない。イグナートを騙し、裏切ることなどありえるわけがない。否、あってはならない。……ありえない。近頃様子がおかしかったことは何一つ関係がない。

無遠慮に彼の躰を暴き、誰にも触れさせたことのないところを悦ばせたことだって、今回のことは、何も――。

「イグ！　これ以上はダメだ、死人が出る！」

レヌに肩を揺さぶられたイグナートが我に返ると同時に、ふっと一帯を取り巻く圧力が霧散した。幾人もがその場にへたり込み、それ以外の者もがたがたと身を震わせるか、まるで化物を見るような目でまんじりともせずこちらの様子を窺っていた。

聡明な王の瞳には、明らかな非難の色が揺れている。イグナートは動揺を隠せないまま、それでも毅然と統治者に対峙する。

「非礼はお詫びいたします。しかし、あの者への侮辱は直接我が家門への冒瀆に通じると、それだけは心得ていただきたい」

「なっ……これだけの事態を引き起こしておいて、言うに事を欠いて……！」

「ええい、貴様はもう黙っておれ！　……臣下の無礼な言動、どうかお許しいただきたい。……湖畔の従者殿の件は肝に銘じておこう。必要があれば捜索に助力いたすゆえに今回はお引き取りを」

痛ましいほどの視線が全身に突き刺さる。少しずつ落ち着きを取り戻したイグナートの胸を、せっかくの酒宴に水を差したことへの罪悪感ときまりわるさが侵食し始めた。いったい自分はどうしてしまったのだろう。王の意見は至極真っ当だ、このままでは宴をかき乱すだけではすまないかもしれない。

レヌに目配せで退場を促し、イグナートは王に低頭して踵を返した。

その視界の端に入り込んだヴーレンが、僅かに眉を顰め、胡乱げに国王の様子を盗み見ている。その態度に一抹の違和感を覚えて口を開きかけたそのとき、背後に苛立ち混じりの声が投げかけられた。

「しかし陛下……先に手を出したのは卿であり、これは宣戦布告と見なされてもおかしくは」

「……次第によっては、そのように受け取られても結構です。かの者が見つかれば、話は別ですが」

ぴしり、とその場に漂う空気が凍り付いた。

冷静さを欠いている自覚はある。そのためなのか、あるいはだからこそなのか、イグナートは政治的な駆引きを放棄することにした。考えている時間が無駄だ。くだらない腹の探り合いをしている場合ではない。ユオラが見つかりさえすれば、他の些事などどうでもいい。どんな事情や思惑が絡んでいるにせよ、ユオラを捜し差し出しさえすれば、それまでのことはたとえ王国側に落ち度があろうとも不問にする。ゆえに血眼になって行方を捜しこちらに引き渡せ、もしすでに何らかの被害を受けていたならば、その時は開戦もやぶさかではない――言外にそう通告したのだ。

卿、と呼び止める声も黙殺し、イグナートはぱっくりと人の海が割れた後に出来た道筋を風を切るように足早に進んだ。

柄にもなく動揺していた。これ以上あの場にいたのでは、自分が何をしでかすのか、果たして己を鎮められるのか分からない。すぐに立ち去るべきだと判じたのだ。

護衛に付こうとした騎士を片手で制し、毒々しい織布の森を一息に突き抜ける。

「……イグ」

「何も言うな」

「君が思うようなことじゃない。今回の件には全くかかわりがない、雑談めいたことなんだけど一つ聞いていい？」

「……」

「ユオラが消えてからの君は、色々と妙だ。たとえば感情が昂るのも無理はないけれど、度が過ぎている」

「そんなことはわかっている！　だが」

「それだけじゃない。どうしてユオラに異変があったとすぐに気づけたんだい？」

イグナートは答えに窮し、ぴたりと歩みを止めた。考える余裕を失っていたけれど、確かに妙なことだった。特にユオラに術をかけていたわけではない。追跡や位置通知のアーティファクトを持たせることも考えたが、過保護かと取りやめにした。何より、今回はほとんど直感めいたひらめきで、実証となるものがあったわけではない。

「……感情に起因したもの、というだけではなく、実際に私の身に異変が起きていると？」

「そういうこと。以心伝心っていうレベルじゃないし、慌て方にしたって君らしいスマートさを欠いている。普段なら自分が単騎で飛び出すより前に、人を集めて捜索する方を優先したと思うんだ。なんていうか……自分自身が命の危機に瀕してるような……いやでも君にとってユオラはそれぐらい大事か、ごめん、僕もわからなくなってきた。ともかく違和感がある、なんでだろうね、って話」

レヌがおどけて見せた気配に、少しだけ心が凪いだ。危うく激昂しかけたが、長年の朋が言うのならば事実なのだろう。そんな冷静さが舞い戻ってくる。

「……ユオラの住処での件もあるしな……」

結局、あの手記は誰の手によるものなのか。もしユオラが素性や魔術の腕を偽る実力を秘めていたとしたら、すべてユオラの一人芝居である可能性を否定できなくなる。

——いや、絶対にありえない。

ありえてほしくない。そんな独りよがりな願望であると気づきつつ、イグナートは自身が目にしてきたユオラの姿を固く信じることを決めた。たとえその全てが偽りであったとしても、彼がイグナートの心を救ってくれたことに変わりはない。

「……必ずユオラを見つけ出す。おそらく、これ以上はいくら考えても答えは出ない」

レヌが小さく首肯したのを見止め、再び二人並んで歩き出す。

「結局手がかりは何一つなかったけど、捜す当てはあるのかい？」

「……」

「余計なことを聞いたようだ。まあ、でも僕は君の直感にかけてもいいと思えてきたね。バルビオ家と言えば、国の防衛を任される一族であったはずだ。ケットシーだと侮れない、特技は通信と、遠方への転移魔術だね」

「ああ」

「しかし、いったい誰が何の目的でユオラに手を出したんだろうか」

イグナートは首を傾けることで問いに答えたが、ろくでもない理由であることは確かだろう。その『ろくでもない』の中には、大した理由なんて存在しない、興味本位だった、というものも含まれる。

――ろくでもない愚か者は私も同じか。

一度は手放そうとまでした愛しい人の影に追い縋り、そのたった一人のために関わりのない人々を争いに巻き込もうとしている。もっと、無為な争いを回避することを優先して考えなければならないのに。

長く続いた平穏な生活に終止符が打たれるのには、まだ時期が早すぎる。

「……時期？」

「え？」

「…………まさか、ゴルトヴァルデの災厄を……!?」

響いた大声にぎょっと身を引いたレヌには目もくれず、イグナートはきつく唇を噛んだ。

ぱち、ぱちと小気味よく火のはぜる音がする。

瞼越しに強烈な光を感じ、ユオラは小さく呻きながら目を開いた。

朝焼けに煙る常黄の森はまだほの暗く、朝もやと共に冷気に包まれている。焚火の向こう側には鏡のような澄んだ湖面が広がり、空の藍と紫のグラデーションを写し取りながらきらきらと輝いている。

ならず者たちとともに人目を避けて森を彷徨い、野宿を続けて五日目。逃亡の隙も与えられないまま徒に時ばかりが過ぎていく。

「……よくまあ呑気に眠れたものだな。体が痛くて一睡もできなかった」

昨日、再度合流したヴーレンが、厚手の掛布にくるまれたまま、手元でぱきりと手折った小枝を炎の中へ投げ入れた。

「お前の住処も湖畔に面していたらしいが、知っての通りこの森には多くの沼や湖が存在する。その中のひとつに、生贄の伝承が伝わっているそうだ」

どこか茫洋とした、掠れた穏やかな声を聞き逃すまいと、ユオラはぴくりと耳を跳ねさせた。

起き上がるユオラの躰から、幾重にも重ねられた掛布がずり落ちる。逃亡の意思なしと判断されたのか、あれほどユオラを怯えさせた護衛たちの姿が減っている。木陰に厳つい風体の男が一人見えるばかりで、火の傍にはユオラとヴーレンだけが残されていた。

この数日は、昼も夜もなくずっと考え続けていた。どうすることがイグナートにとっての最善となるのかを。

ユオラとしては、ここで死んでしまっても構わなかった。むしろその方が気が楽だ。イグナートと離れ離れになるのならば、自分以外の誰かと幸せになる彼を遠目に慕い続けるぐらいならば、何も感じられない屍となる方がいい。お役御免を告げられてからそれを実行に移さなかったのは、イグナートが悲しむ顔が目に浮かんだから。それからユオラを養育してくれたたくさんの人々に申し訳がなかったためだ。

それが今はどうだろう、賊に攫われたという建前付きで生から逃れることが許される。イグナートは確かに怒り悲しんでくれるだろうけれど、やはり戦争を勃発させるまでに至るとは思えない。王国とはもう二百年以上も平和的関係を守り続けてきたのだ。兄弟のように育ったとはいえ、ユオラはゴルトヴァルデ家の者ではなく、一介の使用人に過ぎない。そして相手はヴーレンという王家の傍系だ。ユオラと、両国の平和。どちらを取るべきかなど天秤にかけるまでもない。何らかの外交的な取引の後、それで手打ちとなるはずだ。まだイグナートの思考をすべて理解できたわけではないけれど、おそらく自分はその程度の存在でしかない。生贄としての代わりができた途端に、好きな所へ行けと放り出されてしまうぐらいなのだから。

むしろここで無様に死んだ方が、イグナートの心に居座り続けることができるかもしれない

――そんな浅ましい考えさえ浮かんで、自身を恥じた。

イグナートに焼け野原は似合わない、黄葉の散るこの森こそ、イグナートが統治者として君臨するに相応しい。

「生贄とはいっても無論、お前のことではない。……知らないようだな。遠い昔の話だが、その湖の底には、森の主が棲んでいたという。主は生贄と引き換えに、祈りをささげた者の願いを叶えたのだそうだ。欲深い者は後を絶たず、水は血と汚物にまみれて深紅に穢され、いつの頃からか主は姿を現さなくなった。……そんな話を、幼い頃に読み聞かせられた記憶があったが、ゴルトヴァルデにはなかったのか」

「……聞いたことがあるような気もします」

曖昧なのは、どこか遠い土地の似たような話と混同している可能性があるからだ。幼いユオラの面倒を見てくれた使用人たちは、自身の故郷の話を聞かせてくれることが多かった。

――童話の話だなんて、眠気でぼんやりしてらっしゃるのかな。

いつもの覇気に欠けるヴーレンを見ていると、今なら真面目に取り合ってくれるのではないかと一抹の希望が湧いてくる。

「ヴーレン様……こんなことはもうやめにしませんか」

「……なに？」

「ヴーレン様がどうして国を恨んでいらっしゃるのか、僕には分かりません……でも、でも、罪もない人たちまで巻き込むのは間違っているんじゃ」

「生意気な口を利くな！」

ヴーレンは唐突に叫ぶように、ユオラの言葉を遮った。

「この国に罪のない者などいるものか！　ケットシーとして生まれた……それだけで万死に値する……何度もそう教えたはずだ！」

何も知らないくせに――薄氷の瞳が、ふるふると怒りに揺れながらユオラを射貫いている。その勢いに身をちぢこめ、それでもユオラはふつりと湧きあがる疑問を口にせずにはいられなかった。

「では、どうしてイグナート様との婚約を受け入れたのですか……？」

「………上が勝手に決めたことだ」

「しかし、お話を聞いていると、ヴーレン様はイグナート様に嫁ぐことが嫌で、それを命じた国を滅ぼしたいと思われたのですよね？　そんなに嫌なら、こんな大層なことをする前に別の選択肢を選べたんじゃないでしょうか？　ちゃんと話し合えたら、別の方に代わってもらえたんじゃ」

「……うるさい、うるさい黙れ！」

瞳に強い拒絶を滲ませたヴーレンが、手にした薪で焚火の基礎を打ち壊した。火の粉がぼうっと舞い上がり、あおられた熱風がユオラの皮膚を焼く。火の気に慄いて顔を逸らした次の瞬間、即座に回り込んできたヴーレンの手に喉元を摑まれその場に押し倒されていた。

「っ、ぐ……！」

労働を知らない細い指が首筋に絡み、力任せに圧迫され息が詰まる。

「本当に腹の立つ……お前はいつもそうだな、何も知らないくせに綺麗ごとを並べ立てる！　愚かしいほどに素直で従順で、自分は恵まれているのだと信じて疑わない……！　あのカーバンクルどもに庇われてのうのうと、くそ、愚直さに吐き気がする！」

「っ……そん、な、……」

思い返してみると、ヴーレンにはなぜか出会った当初から疎まれ憎まれていた。最初は誰にでも厳しくあたる性分なのだろうと思い込んでいたが、従者のみならず賊や御者にも気遣うそぶりを見せていたところを見るとユオラだけが気に食わないようだ。

あまりの剣幕に抵抗を忘れたユオラにのしかかりながら、ヴーレンは引き攣ったような冷笑を浮かべた。

「ははっ、お前の最期をどうすべきか、今の今まで迷っていたが……決めた、決めたぞ……」

ユオラの首を片手で締め上げたまま、もう片方の手が腰に帯びた短剣の柄へ伸びる。

「筋書きはこうだ……貴族院は西海に立て続けに押し寄せる大嵐と大時化を鎮めるべくお前を攫い、秘密裏にこの湖の底へ沈めた……伝承に縋ってな。それだけでは弱いか？　南の穀倉地帯を悩ませる寒波への対策も付け加えておこう、秋来祭も終わったことだし、時期的にももってこいの言い訳だ！　森が黄金に染められて以来、眉唾ものでまかせに傾倒する者も後を絶たないと聞く。いや、これを明かす前に、手下どもには黒幕を秘匿すると見せかけた嘘の情報を……おい、何ぼさっと突っ立ってる、こちらへきてとっとと手伝え！」

　引き抜かれた鈍色の刃が、朝日を受けて不穏な色にぎらりときらめく。はっと目を瞠るユオラのもとへ、何事かと動向を探っていた暴漢たちが駆け寄り、その腕を両側から抱きかかえるように押さえ込んだ。必死に足をばたつかせるも、空を切るばかりで何一つ手ごたえがない。

「飼いならされた猫というのは、こうも鈍間なのだな」

「――かはっ、や、やめっ……」

　ヴーレンが苛立たしげに呟くと同時に、悲痛な叫びをあげかけたユオラの口が横から伸びてきた手に封じられる。呼吸の余裕は与えられたが、生命の危機からの脱出は許されないままだ。無数の瞳が爛々と輝き、まるで一体のそういう化物のように、耳を伏せて震えるユオラを見下ろしている。

　ひどく恐ろしかった。先ほどまでは死んでも構わないとまで考えていたのに。

　いや、恐ろしいのは痛みや死ではない。イグナートに別れを告げることも、一目相まみえることも許されないままに永遠の別れを受け入れなくてはならないことだった。ユオラが最後に目にした想い人は、申し訳なさそうな、ばつが悪そうな顔で踵を返したその後ろ姿だけだった。

せめて嘘でもいい。相手がユオラでなくとも構わない。せめて最期ぐらい、凛々しく穏やかな彼の笑顔を、眸に、瞼の裏に、脳髄に焼き付けておきたかった。正式に生贄の任を解かれ湖畔から旅立つときであれば、きっとその機会に恵まれたのだろう。そう思うと、胸を裂くような後悔がじわじわと押し寄せてくる。

「旦那様、何もご自身の手を汚さずとも」

「いい、私がやる。……決めたのだ……国の崩壊は私自身が導くと……この手で、自ら裁きを下すのだと……」

ふーっ、と興奮しきり荒い息を吐き出しながら、ヴーレンは刃を垂直に高く掲げる。微かに、その切っ先が震えてぶれているように見えた。

「呪うならお前の運命を……いや、お前の主を呪うがいいさ」

「────っ⁉」

振り下ろされた刃の衝撃を想像して、思わず目を閉じたユオラの右肩に、喩えようのない鋭く深い痛みが走った。背筋ががくりとのけぞり、閉じていた瞼の闇でさっと閃光が弾けた。

「っ、ぁ、いっ……が、うううううっ！」

叫んだはずの声は、分厚い掌に遮られ絶叫として響くこともなくついえる。見れば、古びた外套と薄汚れたシャツにじわじわと赤黒い血が滲んでいく。

「ここで殺してしまっては〝生贄〟にはならないからな……ほら、凍えるような水の底がお前の墓場だ」

体をのたうたせて痛みを耐えるユオラの髪の一房をざくりと切り取り、ヴーレンは華奢な胴の上から退いた。

胴体から圧迫感が消えると同時に、ユオラは衝動的に膝を抱えて苦痛をやり過ごす姿勢をとった。じくじくと体が痛んだ。顔から血の気が引いたのも、手足の末端がいやに冷たいのも気のせいではなく、実際に失血が激しい影響もあるだろう。

「あっ、う……ぐ……！」

――止血しないと、ええと、切り傷に効く薬草は……！

場違いなことを考え始めたユオラの頭髪を、足を、男たちが引きずりながら運び始めた。

あの世の入り口じみた暗い色を跳ね返す湖の水面が、みるみるうちに近づいてくる。ユオラは必死に地面に爪を立てるが、痛みと不安定な体勢のせいで、地面に散乱した黄葉を掻き集めることしかできなかった。複数の大柄な男たちに敵うはずもなく、呆気なく湖の淵へ到達してしまう。

「や、やめて……嫌だ！　イグ様っ！　こんなの、いやだ……絶対に良くないことが起きます！　やめてください！」

痛みは怖い。別れを言えないのは寂しい。だがそれ以上に、ユオラの胸の内で言葉にならない焦燥感がばくばくと脈打ち、そのたびにその嵩を増していく。ただの命乞いではない、この先に必ず世界を巻き込むような不幸があると、ある種の予知めいたものが拭えない。それを伝えるには、言葉も時間も、両者の心の余裕も足りない。

必死の思いで首を後ろへ向けると、満足げな笑みを浮かべたヴーレンが、「やれ」と湖を顎先で示したところだった。

「ヴーレンさまっ……！」

「これが身の程知らずで健気な生贄の最期か。無様だな……」

軽蔑をはらんだ瞳の中に、それとは異なる憐憫の色がちらついて見えたのは、ユオラの見間違いだったのか。

せーの、という男たちの掛け声とともにユオラの躰は宙へと投げ出され、心もとない浮遊感の後、水飛沫とともに湖面に叩きつけられ――。

鮮やかな世界の景色は、薄く濁った水の向こう側へ、みるみるうちに遠ざかっていった。

流れ出た血が、煙幕のように薄藍色の視界をたなびきながら黒く濁らせてゆくのが見えた。

浮上しようと体を捻れば、右半身を貫かれたような痛みが駆け抜け、あらゆる動きを封じられてしまう。もとより泳ぎを知らない身体は徐々に水底へ沈み、指先から感覚が失われていくのが分かった。

押しとどめていた呼吸が、堰を切ったようにごぼりと口の端から無数の気泡となり溢れ、ユオラを差し置いて上昇していく。あるはずもない空気を求めて開いた口に、冷えた湖水がどっと流れ込んできた。

苦しい、苦しい。息が出来ない。喉を掻きむしり、必死に足をばたつかせるが、身体が浮く気配はない。

忍び寄る死へ本能的な恐怖を抱いたユオラの視界を、成人の掌大の魚が群れを成して通り過ぎた。

その拍子に、脳内を人の上半身に魚の尾ひれを持つ者の人影がよぎった。

――誰だっけ……そうだ、水底で暮らす、泳ぎと歌が得意な人たち……たしか、日差しの強い海の岩場で……。

森での生活がほとんどで、海など目にしたことなどあろうはずもない。それなのに、夜の短い風光明媚な海辺の町に暮らしていた、陽気な異人種の笑い声が頭の中で反響している。

――そう、あの人たちは、体内に水中で呼吸をするための器官があって……。

水に含まれる魔力を変換するのだったか、ともかくそれはカーバンクルの魔石に似た彼らの種独特のものであると聞いたことがある、気がした。

頭の中で、賑やかに老若男女の声が木霊する。

――『そう、そんな感じだ。なかなか上手いじゃないか』

――『しかしあんた、本当に変わった種族だな……』

ユオラの首元が、得体のしれない、膿んだような熱を持ち始める。

――からだの中を水で満たして、声帯の裏側にあるそこで、呼吸の仕方を切り替える。

「っ……！」

喉が異様に熱くなったかと思うと、内部の粘膜が狂おしいまでの疼痛を放ち始める。痒くて、しかし掻きむしっても直接その患部に触れることはかなわず、息苦しさなどどうでもよくなってしまうほどのもどかしさに白い首をのけぞらせた。

――息を続けたいなら、こうすればいい、僕なら分かる、僕なら、できる。

酸素が不足しているのか、思考が水に溶けるようにあやふやになっていく。体力も気力も尽きてしまったのかもしれない。恐怖も地上へ戻りたいという渇望も消失している。

後はこのまま沈んで、何も分からなくなって、朽ちて森へ還るだけ。

それでいいのかもしれない、と思った。イグナートに別れを告げられなかったことはひどく残念だったが、なぜか、すぐに再会できるような予感があった。森で拾われたというユオラはこのまま森へ還り、そしてまた森で生まれ、何らかの形で再び彼と巡り合うことが出来るのだろう――そんなおとぎ話のような希望がどこからともなく湧出したからだろうか。

いつの間にか肩口の痛みもなくなっていた。もはや、この場に苦痛を与えるものは何もない。

ユオラはゆっくりと瞼を閉ざし、意識が体ごと沈みゆく感覚に身を委ね、今度こそすべての感覚を手放した。

「イグ……」

「………」

「イグナート、いい加減寝てくれ」

「……何だって？」

「言ったとおりだよ、イグ。そんなに気を張っていたら有事の際にも…………おい」

馬上で古地図に×印を書き入れると、イグナートは忠諫の声を黙殺して次の目的地へ馬を歩かせ始めた。

ヴーレン・バルビオという人物が自身の婚約者へと推薦された理由を、イグナートは詳しくは知らない。王国側へ打診したのはイグナートの方だったが、相手は誰でも構わなかった。何よりもの目的は、イグナートの身を案じて森を離れられないのであろうユオラを安心させるために妻を娶ることであったからだ。せっかくであれば、ユオラの身を任せることになるやもしれぬ王国とよい関係を築ければと申し出たにすぎない。あちら側の真意がどうであれ、貴人であれば性別についてはどうにでもなる。だから、イグナートは何一つ迷わずに彼らの提案を受け入れた。それでこれからも世界の平和が保たれるなら――ユオラの幸せが約束されるなら、それでいいと考えたのだ。

頭の中を占めているのは、常にあの愛らしい子の幸福だ。

無論、その思いは百年以上前に製作された大陸地図を眺め続ける今も、何一つ変わることはない。

「寝ている暇なんてない……こんなことがありえていいはずがないんだ。ユオラの気配が消えるだなんてことはありえない。ずっと傍に居たんだ……どうして、今になって何も分からないだなんて……」

ぶつぶつと呟くイグナートの手元には、古びて端の朽ちた地図がある。主要都市以外にも、これまでユオラを捜して訪れた土地には印が書き込まれている。

「しかし……ひどい様相だよ？」

ユオラに褒められて以来手入れをかかさなかった黒髪は、数日の間梳られることもなく輝きを失っている。肌はくすみ、その瞳は落ち窪んでどこか澱んでいた。以前の高貴な麗容は損なわれ、全体的にあの世へ誘う死者がごとき薄暗い影を纏っている。

「ありえない、ありえないだろう……ユオラが、しっ……、消えた、なんて」

乾いた小さな笑いに、声が震えた。そう、ありえない、ありえてはならないのだ、愛し子の命があっけなく奪われてしまっただなんて。きっと何かの悪い冗談だ。ここから先こそは、すべてイグナートの杞憂となるに決まっている。ユオラはこっそりと高等な秘術を学んでいたようだから、暴漢どもの目を欺くために一芝居打って見事に逃亡を果たし、けれど帰路を見誤ったがために森の中を放浪している——そうに、違いないのだ。

そうでなくては、ならない。信じ続けなくては、凍り付いてしまいそうな身と心を守れない。

森へ放った私兵からの通達を受けたのは、昨日の早朝のことだった。イグナートが宿屋の厩で、早朝から出立すべく馬の機嫌を取ろうとしているときだった。知らせを受けてすぐ馬に跨り、レヌや護衛とともに、ユオラが葬られたという湖へ出立した。

ユオラが投げ入れられたという、ゴルトヴァルデの湖畔へ。

「……でも、イグ」

「捜せ……」

「え？」

「捜すんだ……私の命などどうでもいい……何を犠牲にしてても突き止めるんだ……、あの子が、ユオラが、その……、向かったという湖を……」

既に主の主導を失った馬に揺られるイグナートに、レヌはかける言葉を失っていた。蹄が踏みしめる大地は、いつしか街道の土色から落葉した黄金色へ変化している。

ユオラを襲撃したならず者どもは、ゴルトヴァルデの私兵の手で尋問にかけられた。その情報を頼りに彷徨い続けて数日。彼ら曰く、ユオラがゴルトヴァルデの財宝を下賜されているとみて襲ったのだという。しかし宝飾品どころかろくな路銀も持たぬ彼に見切りを付け、人気のない伝承の残る湖へと放り投げたとのことだ。

「……早く、捜し出さなくては……きっと、お腹を空かせて、ひとりで怯えて泣いているのだから……」

「……」

「お前の言う通りだったよ、レヌ……傍においておけばよかった……浅慮だった、あの子がどれだけ危険な立場にいるのかを、誰あろう私が理解していなかった」

もう手放しはしない。必ずやユオラが安心して暮らせるよう敷地内に別邸を造り、額を地面に擦りつけてでもそこへ住まわせるのだ――そう繰り返すイグナートは、ようやくユオラが自身の最大の搦手となることを覚ったらしいと、レヌは痛ましげに目を伏せた。ユオラの息災が確実とならない限り、執務どころか日常生活にさえ異常をきたすだろう。

気づくのが遅すぎだ、なんて口が裂けても言えないなと、レヌは小さく嘆息した。

希望を捨てたわけではない、だがその望みはあまりに希薄だ。イグナートは、ユオラの無事を信じ込むことで正気を保っている。雇われのならず者どもは、とある貴族の差し金でユオラを攫ったのだと白状した。もっとも、口封じの呪いをかけられていたらしく、その名を告げようとした途端に絶命してしまったが。

彼らの言葉はどこからどこまで真実であったのか。彼らの狙いは、本当にゴルトヴァルデ家の高価な宝飾品にあったのか。

もし、金目当ての没落貴族の主導による犯行であるならば、憐れなほどに愚かで能天気な頭をしている。貴族位どころか、自国そのものを失いかねないことにさえ気づけぬまま、彼らは眠れる獅子へ石を投げつけてしまったのだ。

「――なあレヌ、私はゴルトヴァルデの災厄を呼び起こすと思うか？」

「……その準備が着々と整い始めていることは確かだね。今朝も南部と東部の領主から連絡が来ていたはずだ」

獅子であれば、皆で取り囲めばどうにか打ち倒せたのかもしれないが。

そうレヌが嘆息したそのとき、遠方から地面をたたく蹄鉄と馬の嘶きが徐々に近づいてくるのが分かった。

「ゴルトヴァルデ様！　ご領主様！　伝令！　伝令！　ヴーレン・バルビオ様より遣わされました！」

イグナートの瞳に、ふっ、と暗い鬼火に似た光が宿る。まるで幽鬼のごとく壮絶な覇気を放ちながら、イグナートはゆっくりと、声の主の方へ視線を滑らせた。

「……あ」

ひやり、額に妙に冷たいものが載せられた感触に、ユオラは重い瞼をゆっくりと持ち上げた。

「……ああ、気が付いた？」

見知らぬ薄暗い天井を背景に、中年の女性がこちらを覗き込んでいた。白黒の斑模様の耳と、ユオラを見つめる不安げな視線に既視感を覚え、まさか、と思わず目を瞠る。定期的に薬を届けている、王国側の村人の女性だった。

「あなた、は……」

「びっくりしたよ、あんた、湖の縁でびしょぬれになって倒れてたんだ。大方、物騒な連中に襲われでもしたんだろう？」

そう苦笑した女性の言葉に、膿むような肩の痛みとともに、ここに至る直前までの記憶が蘇った。

ヴーレンに騙されるかたちで屋敷に呼び出され、そのまま攫われ、湖で殺されかけたのだ。じくじくとした痛みと、命を落としかけたという恐怖、そしてどこにもぶつけようのない怒りが一挙に押し寄せ、横たわったままにも拘わらず眩暈で卒倒してしまいそうだった。

「ああ無理して動かない方がいい。たぶん傷が深いせいだろう、もう十日は寝込んでたんだ」

「と、十日もですか……!?」

そんなに長い間家を空けたことはない。これではたとえ誘拐されたのではなかったとしても、イグナートたちにいらぬ心配をかけてしまっているだろう。

「ああ。届けてもらってた傷薬やら熱さましは何度か使わせてもらったんだがね、回復したかと思えばぶり返すのを繰り返してたね。ちゃんと看病できたか不安だったけど、まあ目覚めてくれて安心したよ」

薬を渡すために幾度となく顔を合わせたが、こんなに長く言葉を交わしたことはない。いつになく穏やかな笑みを浮かべる女性を、ユオラは目を瞬かせて見つめていた。癖のある黒い髪を短く切り揃えた彼女は、一家を取り仕切る母親らしい貫禄と健やかさをそなえている。

けれど、普段、ユオラを見る瞳には常に怯えや嫌悪感が滲んでいたようだった。そんな彼女がどうして行き倒れのユオラを救い、わざわざ家で面倒を見てくれたのか、まだ寝ぼけたままの頭では想像もつかなかったのだ。

「本当はすぐにでもご領主さまのところへ連絡するべきだったんだろうが……生憎と収穫の時期と重なってそんな人手を割く余裕がなくてね、とりあえずうちで様子を見させてもらうことにしたんだ」

「あ……あ！　あの、戦争は⁉」

「……戦争……？」

この反応からすると、国同士の争いには発展していないらしい。やはり、すべてヴーレンの妄想にすぎなかったのだろう、ほっと安堵する。

「いえ、……お忙しい中、本当にありがとうございました……その、僕は湖で……？」

女性は小さく頷き、彼女の子供たちが見つけて知らせてくれたこと、まだ息があったので、ひとまず家まで運んで手当てをしてくれたことを訥々と、特に嫌味を言う風でもなく語った。

他にも傷が治るまで好きなだけこの家を利用して構わないと、想像もしなかったような優しい言葉をくれた。

死にかけていたところを保護してくれただけでも十分にありがたいのに、心底申し訳なさそうに話され、ユオラはひどく動揺していた。いや、混乱という方が正しいかもしれない。長い間、ずっと忌避されているのだと思い込んでいたのだ。本来であれば目が覚めたならとっとと出ていけ、とつまみ出されてもおかしくはない状況のはずなのに。

それとも、きちんともてなさなければゴルトヴァルデの怒りを買いかねない、と怯えさせてしまっているのだろうか。ユオラにそんな価値はないけれど、『生贄』として生活している以上、噂に尾鰭がついている可能性もある。

どう説明すべきか思案するユオラのもとへ、スパイスの利いた匂いを漂わせるスープ皿を携えた女性が再び歩み寄ってくる。

「昨夜の残りだけど、どうぞ。いつもすまなかったね。あたしたちも、何もあんたが憎かったわけじゃなくて、どうしても怖くてね」

「いいえ、そんな……仕方がないことです。僕はゴルトヴァルデの出ですから。ここはゴルトヴァルデ領との境だし……お飾りですが、僕に何かあったら開戦だなんて、恐ろしくて近づけなくて当然だと思います」

ユオラが微笑を返すと、女性はきょとんと眼を丸くして口を変な形に曲げる。

「生贄がどうのって話？　そんなのあたしら気にしたことないよ。でもあんた、あたしも覚えてるんだけどさ、もう何十年と姿形が変わらないんだろう？」

「——……え？」

彼女の言葉の意味を摑みかね、ユオラはふたたび目を瞬かせた。

「え、って……自分のことだろう？　あんた、うちの婆さんが子供の頃からあそこに住んでるらしいじゃないか。ここ十五年ぐらいちょっと見かけなくなったけど、また戻って来たし。よそで魔術とか薬の研究してたんだと思ってた。あんたが悪い人じゃないってのは分かってるが……それでもね、生きる時間が違うってのは、やっぱりどうも不気味に感じてね」

「……あの、何かの勘違いではないですか？　僕、幼い頃はゴルトヴァルデのお屋敷で暮らしていて、一人で暮らせる年になってからあの小屋に移り住んだんです。先住者の魔女の方とは面識はなくて……」

女性は驚いたような顔をしたあと、少し納得がいかないふうに顔をしかめて見せた。それほどまでに、彼女が幼い頃に見たあの住処の元の住人である魔女と、ユオラの姿はよく似ているのだという。ただし、確かに今のユオラとは異なり、各家庭へ薬を届けたりといった交流はほとんどなく、小屋を訪れた者にのみ薬を分け与えていたのだそうだ。その変化も、時世の流れに対応したのだろうとか、なんとなく気分や考え方が変わったのだろうと勝手に納得していたらしい。

「……まあ、そうか。記憶が混乱してるとか、何かの魔術が解けたとかかかったとか……あたしらには分からない事情があるんだろうね、無理に話そうとしなくていいよ。ともかく、あんたにはみんな感謝してる。こんなとこでよかったら好きなだけ居て構わないし、欲しいものがあったらできる限り用意するから、うちの子かあたしに言いつけとくれ」

困惑するユオラにそうまくし立てた女性は、外から彼女を呼ぶ大声に、先ほどと同じ人物とは思えないがなり声を返し、愛想笑いをして出て行った。

——嫌われていたというのは、僕の思い込みだった……？

避けられていたのは確かなのだろう、けれどそこに悪意はなかった。疎んじながらも薬のために嫌々取引をしていたわけではなく、彼らもユオラにどう接していいのか分からなかっただけのようだ。

もしかすると、自分が思うほど孤独ではなかったのかもしれない。拒絶を恐れずに対話していれば、もっと早く誤解を解いて快い関係を築くことができたのかもしれない。

胸にわだかまる不安を鎮めるべく、ユオラの調合した疲労回復に効くハーブの香るスープに、そっと口をつけた。

何はともあれ、早くイグナートに会いたかった。会って——会って、どうしたいのだろう。分からないこと、話し合いたいことがたくさんある。自分の出生のこと、災厄の存在、そしてヴーレンとの婚約のこと。

――そうだ、早く教えて差し上げないと……！

ヴーレンとの婚約そのものはさておき、彼が国の転覆を望んでいることを早急に伝えておかなくては、また新たな争いの火種がばら撒かれてしまうかもしれない。

どこへ向かうべきなのか、不思議と今のユオラにははっきりとわかる。何かに引き寄せられるように身体が疼いて、胸がざわついている。

ユオラは大きく息を吐くと、まだ六割ほど中身が残ったままの皿をサイドテーブルへ置き、心の中で優しい村人たちへ礼を述べてから、肩口を押さえてベッドを下りた。

波風一つ立たぬ、不気味なほど静謐な湖面を前に、イグナートは力尽きたように地面に膝をついた。

「……うーん、本当にここなのかい？」

「……大叔父上がひっそりとそう話しておられるのを、確かに聞いている。生贄と願いを叶える森の主の伝承にまつわるとなると、該当するのはここしかないかと」

負の感情を微塵も感じさせぬまま訝るレヌと、痛ましげに低められたヴーレンの声が遠い。すぐ背後にいるはずなのに、薄い膜を隔てた向こう側の会話のように聞こえた。それほど、今、眼前に突き付けられた真実に、現実味がなかった。

なんと、ユオラは王国側のレジスタンスらの手引きにより、真に願いを叶えるための生贄として捧げられたのだという。

今回の件に一切の関わりはないというヴーレンの使いが先導したのは、かつてこの森を守護する神が棲んでいたという湖のほとりであった。何の因果か、その岸辺にはゴルトヴァルデの千変の始まりと目される一本の古木がそびえている。

誰が想像しただろう。両国の平和を繋ぎ止めるための生贄と揶揄されていたユオラが、まさしく真の生贄として実在も知れぬ神へ捧げられることになるだなんて。

「……――」

イグナートは絶句して湖を見つめたまま、これまでの日々を思い返していた。

身寄りもない中、孤独な暮らしにもけして倦むことなく仕え続けてくれたユオラ。イグナートは、彼に何一つしてあげることも、与えることもできなかった。本当に何を望んでいるのかを尋ねもせず、拗れた己の愛情を秘匿するための身勝手な偽善を押し付けていた。ユオラを遠ざけた理由にしてもそうだ。同族の中で暮らす方が幸せに違いないと決めつけ、あたかもユオラのための行動という体を装っていたが何のことはない、自分以外の人間と心を通わせるユオラの姿を間近で見せつけられたくなかっただけだ。

ユオラが自分より先にこの世から消えてしまうだなんて想像だにしなかった。魔石を持たぬ欠陥品である自分と違い、ユオラは極めて心身ともに健康な子だった。だからこそ彼の気丈さに甘え、強引で傲慢な振る舞いを続けていたのかもしれないと思うと絶望感に打ちひしがれた。

自分のような不甲斐ない主人に振り回されて、ユオラの人生とはいったい何だったのだろう。

こんなことになるぐらいなら、いっそのこと生涯にわたり屋敷に幽閉しておけばよかった。

どれだけユオラを大切に想っているか、どれだけ心配しているのかを説き続けてどろどろに甘やかしながら、どうか籠の中にいてくれるように希えば、優しいユオラのことだから心を押し殺してずっと傍に居てくれただろう。いつかは片恋に身を焦がす主を憐れみ、絆されて情けをくれたかもしれない。けれど、イグナートにはユオラをこの世の誰よりも幸せにできる自信がなかった。他にユオラに相応しい相手がいるだろうと考えていたし、あの無垢なひとを振り向かせるだけの魅力が自分にあるとは思えなかった。なにせ、母を自死に追い込むほどの血族の恥さらしだったから。

想いを受け入れてもらうことは叶わなかったであろうし、ユオラも自由を奪われ苦悩する羽目になったかもしれない。けれど少なくとも、こんな風に呆気なく命を散らすことはなかったはずだ。

「……うーん……何だろうなあ……いや、ヴーレン様の調べに疑問を抱いているわけではないのですが……なんだかこの場所に引っかかりを覚えてしまう、といいますか……」

「……なるほど」

今更何を言っているのか、ほとんど上の空でレヌの言葉を聞いたイグナートの眼前に、薄茶色のぼろきれが差し出された。

本当に粗末な、ただのくたびれたぼろ布に見えた。これといった装飾は見られないながらも、そのベルト部分の革のなめし方には祖父の代からお抱えの技術者熟練の技が用いられている。ユオラに与えた外套の一部だった。慣れ親しんだ手触りとは裏腹に本来浮かび上がることのない染みが赤黒くこびりついているのを目にして、イグナートは呼吸を忘れていた。

「茂みの中から見つけたものです、存分に場を検められるがいい」

「………これは、私がユオラにあつらえたもの……」

ゆるりと顔を持ち上げると、ヴーレンはきまり悪そうに眼をそむけた。

「それと……こんなものも……」

言いながら、ヴーレンは小さなハンカチの包みを差し出してくる。それを受け取り、おそるおそる端をめくりあげ、イグナートは絶句した。

見せしめか、悪党どもの悪趣味な記念品か。現れたのは切り取られた一房の髪だった。

その可愛らしいきらびやかな金色を、イグナートが見間違えるはずがない。

「……ユオラの……髪……」

頭が、理解を拒んでいた。このまま自分も湖に飛び込んでしまえばいいのか、あるいは喉を搔ききるべきか、この世にはない亡霊の姿を追い求めるべきなのか——咄嗟に駆け巡る間違った思考を必死に切り捨てる。

「……やはり、彼の私物でしたか」

それが何を意味するのか。イグナートが察したことはもちろん、ヴーレンも承知のことであったはずだ。

「っ、……ユオ、ラ……!!!!」

イグナートはそのぼろ布をかき抱くと、その場で身を丸めて喉の奥で慟哭した。

涙は流れなかった。ただ、自分を含めたこの世の何を憎めばいいのか——愛し子の名残に顔を埋め、声を押し殺して全身で慟哭し、イグナートは自身の忌まわしき今生を呪った。

息を弾ませて森を疾走していたユオラの視界に、路傍に停車した豪奢な馬車が飛び込んできた。見紛うはずもないその装飾と家門に苦い思い出が蘇り、慌てて灌木の陰に身を潜めてあたりの様子を探る。人気のある方をそっと覗き込むと、目の冴えるような灰白の毛並みを視認することができた。

——ヴーレン様……？　まだ森に何か用が？　もしかして僕の死体を捜してる？

不審に思ったそのとき、鼻先をひどく懐かしい匂いがかすめていった。

ヴーレンに囚われてから、何度も夢にまで見たあのひとの匂い。嗅いだだけで胸がうっとりと浮き立ち多幸感が満ちる、想い人の香りだ。

いた。

葉陰から視線を巡らせると、想像通り、ヴーレンから少し離れたところに、まるで水面に向かって祈りを捧げるように身を折り畳んだ黒い影があった。間違いなく、イグナートがそこにいた。

「何してるんだろ……？」

その傍らに佇むレヌの姿も見止めたが、状況が全く呑み込めない。ヴーレンは何のためらいもなくユオラを手にかけようとした相手だ、のこのこと顔を出していいとも思えない。だが、彼はユオラだけではなくイグナートのことも疎んじている。早急にことの顚末を伝えなければ、取り返しのつかない事件が起きてしまうかもしれない。

イグナートは、ユオラの言葉を信じてくれないかもしれない。彼が何を想いヴーレンと婚約を結んだのか、ユオラは知らない。誰にも告げていないだけで、心からヴーレンに心酔している可能性だってある。そのとき、あの澄んだ紅玉の瞳に、ユオラは二人の仲を引き裂く厄介者として映るのだろう。

それでも、今度こそ本当にゴルトヴァルデを追放されたとしても、イグナートを守るためならば構わなかった。ユオラが攫われたことを信じてくれなくても、そしられ、なじられたとしても、イグナートとヴーレンときちんと言葉を交わすきっかけになってくれればそれでいい。それでもなおイグナートがヴーレンを選ぶというのならもう二度と口を出すことはないし、ヴーレンと共にあることだけが幸福だというのならば、王国の壊滅にだって手を貸せる。ただ、イグナートの意図しないところで物事が進み、騙され、後悔するようなことだけは避けなくてはならない。

それが、政に携わることも、彼の心を癒すこともできない非力な自分に出来る、唯一の忠誠と愛情の示し方なのだと思う。

どのようにしてイグナートとレヌに合流するべきか。幸い、全身に塗りたくられた薬と村人の衣類を借りているおかげでユオラの匂いはほとんど消えている。ヴーレンや他の鼻の利く者たちに見つかる可能性は低い。

ヴーレンと解散するのをこのまま待機するのが無難だろうか。一足先に屋敷に戻ることも考えたが、もし彼らがこの足で王都へ向かってしまうと行き違いになってしまう。

——どうしたらいいんだろう……。

息をひそめていたユオラは、ふと、視界の端でユオラと同じように事の成り行きを見守る人影の存在に気づいた。注視しなければ気づけぬほど巧みな擬態だった。全身を風景に溶け込みやすい薄茶色の外套ですっぽりと覆い隠している。

誰かの護衛だろうかと小首を傾げたユオラは、その手にしかと構えられた石弓を視認して息を忘れた。

石弓は頑健な木のフレームに仕掛けられたバネを弾くことで、容易に狙いを定めながら力強い矢を放つことが出来る代物だ。主に狩猟や戦場で使用されるが、殺傷能力は極めて高く、無論、人を殺すことなど容易い。

その先端できらめく石の鏃が、イグナートのいる方へ向けられていた。

「……イグナート様、逃げてください！」

彼を狙う刺客だ――そう認識して絶叫するより早く、ユオラは駆けだしていた。

上位種であるイグナートやレヌであれば、その矢に射かけられるより早く攻撃をいなすことも難しくないことは、頭から抜け落ちていた。

ユオラは一度、死に瀕した。死が、イグナートと永遠に別たれてしまうことがどれだけ恐ろしいことか身を以て知ってしまった。イグナートのいない生涯に意味など何一つない、もう二度とあんな思いをしたくはない。そう思ったときには、身体が勝手に動いていたのだ。

「ユ、ユオラ⁉」

弾かれたように振り返ったイグナートと、視線が交差した。見開かれた深紅の双眸はひどく潤んでいて、いつまでも眺めていたいほど美しかった。

――元気そうでよかった。どうか、僕のいないところでもあなた様がずっと幸せでいられますように。

無意識のうちに微笑したユオラは狙撃手の前に立ちはだかると、突然のことにたじろぐ男の腕に、その質実剛健な武器へと摑みかかった。

「離れて、イグ様！　ヴーレン様が手配してっ、国を滅ぼそうと、して……！」

「っ、何だお前、おい、馬鹿！　離せっ！　あぶな――」

――嫌だ、絶対に離さない。

二人はユオラと比べ物にならないほど敏い。少なくともイグナートかレヌのどちらかは、ユオラの出現と暗殺者の存在からヴーレンへと疑惑の目を向けてくれるはずだ。

だから、ユオラがここで命を落としても、きっと問題はない。

「おいっ、くそ、この、――っ！」

無我夢中でその腕に縋りつこうとするユオラの躰を、男が力任せに蹴り飛ばした刹那。

「っあ、……ぐ………」

勢い余って放たれた太い矢が、ユオラの胸を貫いていた。

「な……ユ、ユオ……ユオラぁあああぁあああぁあああぁぁぁ！」

絶叫とともに駆け寄ったイグナートが、傾いだユオラの身体を抱き留める。

自身の右腕に上体をゆだねたユオラの顔を覗き込み、イグナートは引き攣るような呼吸を繰り返す。喉がひりつき、上手く声が出ないどころか、息さえままならなかった。心臓が信じられないような速度で脈打ち、まるで直火になぶられながらきつく引き絞られたような疼痛が、臓腑を蝕んでいる。

抱えたユオラの右胸に、使い古された矢が深々と突き刺さっていた。そのシャフトに手をかけて引き抜こうとするが、すぐさま傷をいたずらに広げるべきではないと気づく。代わりに、血色を失いゆく頰を包んだ。

「ああ……ユオラ、何が、どうしてこんな……」

ユオラの粗末な上衣を、傷から溢れたおびただしい量の鮮血がじわじわと濡らしていく。錆臭さが鼻をつき、鼻の付け根がつんと痛んだ。

「イグナート、さま……ご無事、ですか……」

ひゅう、と喉を鳴らしてごぼりと咳き込みながらも、ユオラは微笑を絶やさぬままそう口にした。

イグナートはさらに混乱を極めながら、何を言っているのだと怒鳴りたくなるのを堪え、何度も小さく頷いて見せた。

「ああ、大丈夫、私は何ともない。平気だから、もう何も言うな……」

「なら、良かった、です……」

「何が良いものか！　馬鹿な子だ、私の方が何倍もお前たちより強靭だというのに！　生きていてくれたと、安堵して……それだけで十分だったのに……どうして自ら、こんな愚かな真似を……！」

ユオラはへらりと、殊更に申し訳なさそうに苦笑を深めた。その唇から徐々に血の気が失せていくのを見止め、イグナートはこみ上げる涙を必死に抑えた。

だいぶ窶れているものの、ユオラは確かに今ここに存在してくれている。その灯火が、ふたたび灯された希望が自身の腕の中で尽き果てようとしている——という事実を、にわかに受け入れることが出来ない。

イグナートはユオラを苦しめるこの世のすべてを、自身の非力さを憎んだ。どうして、自分はユオラを守ることが出来なかったのか。再び摑めたはずのこの子の手を放さなくてはならないのか。

いや、そんなことは許さない。やっとこの腕の中に引き入れることが出来たのだ、そう易々と諦めてなるものか。レヌは薬草学に長け、一族の誰よりも緻密で繊細な術を操る。そのうえ古代に廃れた知識にも造詣が深い。高度な癒しの術の使い手を呼び寄せるまでの時間稼ぎぐらいはできるはずだ。取り急ぎゴルトヴァルデへと瞬間転移魔術を発動させ、高名な癒術師を連れてくる。この距離となると魔力の枯渇でしばらくの間寝込むことになるかもしれないが、背に腹は代えられない。

大丈夫、死なせはしない。ユオラは、これから先、永劫にイグナートのものとなるのだ。

「ごめん、なさい……いてもたっても、いられなくて……イグナート様が死んでしまうかもなんて、想像したら、勝手に足が……」

「ああ、ああ、わかった、わかったから口を閉じて、ユオラ。体力を温存することだけを考えるんだ……大丈夫、大丈夫だ……そうだ、医者！　いや薬か？　レヌ、レヌ！」

狙撃手を伸し、簡単な術をかけてその身動きを封じたレヌが、おそるおそるといった歩調で歩み寄ってきた。しかしユオラの様子を覗き込んだ途端、視線を逸らされ、緩く首を横に振られてしまった。

「レヌ……？　何をしている、早く傷の様子を」

「この深さの傷を即座に癒す薬は……そしてイグ、僕たちの力は、他者を屈服させることだけに長けている。自分の命を賭したところで……人一人を生かすほどの術は……応援は呼ぶけれど、その……ここからはユオラの気力次第だろう」

どうにか地上へ浮上しかけたところを、再び地獄へ叩きつけられたような気分だった。誰に対しても率直な物言いをするレヌが、イグナートを直視できないままに言葉を濁している。それが何を意味するのか、長い時を共に過ごしたイグナートに理解できないはずもない。

イグナートは唇を噛みしめると、空いている左手で患部を強く圧迫した。痛みに、う、とユオラの顔が歪む。気休めにしかならないが、他に出来ることが思い当たらなかった。

「……さっき、ユオラが何かを言いかけていましたが。ねえ、ヴーレン様」

レヌが押し殺した声でそう呟くのを耳にした途端、イグナートの中で激情がこみ上げた。ゆらりと顔を持ち上げ、両眼を見開いて、ヴーレンを見上げる。

彼の薄灰色の耳と尾は逆立ち、額にはじわりと汗が浮いた。研ぎ澄まされたイグナートの理性は、ヴーレンの動揺をつぶさに拾い上げ、その意味を覚ってしまう。

──ああ、なんと愚かなのだろう、私は。

目先の欲に目が眩み、こんな人物を婚約者として迎え入れようとしていただなんて。ユオラのために結んだはずの婚約が、むしろユオラを苦しめることになるだなんて。

頭が、すうっと冴えていく不思議な感覚に、イグナートは自嘲の笑みさえこみ上げそうになった。

「……そうか、貴方の目的は、私を怒らせ復讐の悪鬼と化させることにあったのか」

「っ……」

嚙みしめた奥歯が嫌な音を立てると、ヴーレンがあからさまに慄いたのが伝わった。

「けほっ、ごほっ、イグ様っ……ごほっ！」

苦しげな声に爆発しかけた怒りこそ萎んだが、現実に引き戻されたことで再び冷静さを失う。

「ユオラ……！　辛いだろう、すまない、私が愚かだったせいで……屋敷に戻ろう、傷を治したら君と話し合いたいことがあるんだ」

「……そうですか……僕も、です」

イグナートを注視しているはずのユオラの瞳が、不穏にぐらつく。焦点が合わないのか、それとも瞼を持ち上げることさえ億劫なのか──イグナートは取り乱してしまいそうなのを堪えて、必死に次の言葉を探した。彼を元気づけ、意識をこの場にとどめ続けるための話題を。

しかし、どれだけ思案を巡らせても納得のいくような内容が浮かばない。嫌な想像だけが脳内を駆けまわっている。並々ならぬ不安以上に、ユオラを愛しく恋うる思いだけが胸の内でひしめいているが、これを口に出すことはどうにも恐ろしくて憚られる。

答えを聞くのが怖いとか、拒絶されたくないだとか、これまでと同じような女々しい理由からではない。

口にしたら最後、これが今生の別れのやり取りになる気がしてならなかった。

「……あの、イグ、さま。何のお役にも立てなくて、反抗、したりして、ごめん、なさい」

「何を言っているんだ!? 役に立っていない? そんなわけないだろう、私がユオラにどれだけ救われたことか……!」

思わず感情的に叫んだが、ユオラは怯えたり驚いたりする素振りもなく、どこか寂しげに微笑んだままだ。

ひどく嫌な予感が、した。

「でも……魔石、を見つけ出せなくて……僕、内緒にしてたけど、絶対に探すんだって……何か、ちょっと手違いがあっただけで、必ず、どこかに……」

「――いらない、そんなものいらないよユオラ。すまなかった、うじうじと勝手に自分を卑下して思い悩むのはやめる。どうでもよかったんだそんなもの……石などなくても、私は私だよ。君はいつもそう伝えてくれていたのに、私が未熟なせいで耳を傾けられずにいたな。だからユオラ、そんな寂しいことを言わないで、傍に居てくれ……いらないんだ、君以外のなにも……！」

こんな時でさえ、最後まで自分に尽くそうとしてくれる健気さに涙がこぼれそうになる。
ユオラは何一つ悪くない。愚かなのはイグナート自身だった。だから、そんな死の間際の懺悔にも似たセリフは、もう吐かないでほしい。

「それと、イグさま」

「もう喋らないでくれ！　後で全部、じっくり聞くから、これ以上無理はせずに」

「……イグ様、ずっと、お慕いしていました」

「――……」

目頭がかっと熱くなり、伝い落ちたものがユオラの頬を濡らした。
滲んだ視界の中のユオラの眼尻からもつうっと一筋の涙が溢れる。その蒼白の相貌は、儚い微笑みに彩られていた。

「好き、でした……いえ、好き、です……ずっと……」

やっと言えた――そんな安堵にも似た充足感に満たされたのが、なぜか手に取るように分かった。

「……ユオラ、私は…………」

感極まり、こみ上げる激情をどう言葉にしようかと胸をあえがせた瞬間。
ユオラは満ち足りた表情を浮かべたまま、ゆっくりとその瞼を閉ざした。
途端に、その小柄な痩身が重心を失ったように傾ぎ、腕にぐっと重みがかかる。

「ユオラ…………？」

イグナートは不思議そうに何度も目を瞬(またた)いた。身体(からだ)を強張(こわば)らせたまま、その場で時が止まったかのように静止する。

状況(じょうきょう)の理解を拒(こば)んでいた。

十秒か、一分か——あるいはもっと長い間そうしていたイグナートを、レヌもヴーレンも固(かた)唾(ず)を呑んで凝視(ぎょうし)していた。

「…………」

もう、何もない、空っぽだ——そんな考えが脳裏(のうり)をよぎった。何に対してそう感じたのかは分からない。

ただ、すっかり空になった自分の中に、なにか途方(とほう)もない力が漲(みなぎ)り始めるのを予感していた。どこからか流れ込んでくる、といった表現が正しいのだろうか。その力にすべてを任せれば、自分はきっと楽になれるのだろうと思った。

イグナートは、ふいに目元を和(なご)ませると、そっと体温を失いかけた想(おも)い人の額に口づけた。

「…………おやすみ、ユオラ」

感情を失った血色の瞳が、ゆらりとヴーレンを捉(とら)える。

「っ、あ……し、しらない、私、は……」

その口元が酷薄(こくはく)な笑みを象(かたど)った瞬間(しゅんかん)、爆風(ばくふう)とともに、赤黒い、闇(やみ)色としか喩(たと)えようのない巨(きょ)

大な光の渦が弾け、辺りを呑み込んでいた。

ふと気づくと、ユオラは暗闇の中にひとり佇んでいた。

周囲を見回すも、黒い闇が立ち込めるばかりで、地面がそこに存在しているのかさえ分からない。

何が起きているのだろう。自分はさっき、イグナートを庇い呆気なく人生に幕を下ろしたはずだ。

そうして狼狽えるユオラの頭上から、ひらり、淡い輝きを放つ一枚の黄金の葉が舞い落ちてきた。

その葉が眼前をかすめるように通過する刹那、葉の表面に見慣れた景色が――、ゴルトヴァルデの屋敷がぼんやりと浮かび上がり、横付けされていた馬車がぬるりと動き出すのを見た。

思わず身を引いたユオラの元へ、どこからともなく、無数の葉がひらひらと降り注ぎ始める。

幼い日のどこか寂しげな表情のイグナート。喪服に身を包んだ屋敷の人々。背を向けて屋敷を去る大旦那様に、髪と瞳の色ぐらいしか共通点のない彼の兄。イグナートを慰めるレヌと、力なくこちらに微笑みかけるイグナート。

その一枚一枚にはユオラのよく見知った景色とともに、人々の日々の営みが、季節の移り変わるさまが本のページをめくるように映し出されてゆく。

——ああ、これは、僕に刻まれた記憶、だ。

そう悟ったユオラの頭頂部からはいつのまにか、猫の耳が、腰からは尾が失われていた。

ユオラは、生まれながらにケットシーだったわけではない。

現在ではその種族名さえ忘れ去られ、一般的に『渡りの魔女』などと称されている、妖精族の出であった。

——どうしてこんな大事なことを忘れていたんだろう……！

そう認識した途端、辺りが眩い光に包まれた。闇が晴れ、世界が多彩に塗り替えられる。

突然のことにきつく目を瞑ったユオラが気づくと、そこは、ユオラが住処としていた小屋の前だった。

穏やかな水面を取り囲む樹木は、まだ黄金色ではなかった。濃淡の様々な、青々とした緑色が目に鮮やかで、落葉もほとんど見られない。柔らかな風と森の匂いを肌で感じつつ、ユオラは開け放たれている小屋の窓から中をそっと覗き込んだ。

そこでは、今と寸分たがわぬ姿のユオラ自身が、使い古された作業台で何かを書き留めていた。それがこのゴルトヴァルデの伝承に関する調査の記録であることを、当然のことのように思いだす。

ユオラはもう何百年もの間、他者と必要最低限の交流を保ちながらこの地に住まい、森の主の手を借りつつ、時折バランスを崩す魔力量の管理を請け負っていたのだ。

この森はどうも魔力の供給が不安定であるようだった。人が棲むことさえ難しい土地を強引に地ならししたため、定期的に修繕を施さなくては綻びが生じてしまうらしい。誰に命じられたわけでもなかったが、妖精族の特性に、その身に膨大な量の魔力を貯蓄できるというものがある。この身を捧げることで救われる命があるというのなら喜んでそうしようと考え、自然とこの土地に根を下ろした。

もともと、妖精族は群れて暮らすことは少ない。故郷といえる土地も持たない。

妖精族が狩り尽くされ表舞台から姿を消すこととなったのは、ユオラが生まれるよりも遠い遥か昔のことだ。カーバンクルを含む上位種は、膨大な魔力とともにそれを悪用できぬ『愛情深い』という特性を与えられている。関わった人間に情を抱かずにはいられず、攻撃しようとは考えられなくなる。ある種の神から与えられた枷であった。

妖精族はその性質により、多くの権力者に付け入られ、利用されるという憂き目に遭った。おびただしい魔力を要する戦争や利便化された都市の維持のため、多くの同族が魔力庫――国の人柱として消費された。

上位種は子が生しにくいという特性から、妖精族は徐々に数を減らした。もう二度とそのような悲劇を繰り返さぬよう、一族は方々で散り散りに暮らし、出来る限り他者との関わりを断つことを取り決めた。

幸い、妖精族には自身の姿を、それどころか体の仕組みを作り変えて他の種族に成りすますことのできる性質があった。外見はその者の精神年齢を映し出して変化する。そういった特性の影響もあり、基本的に不老で不死身だ。自身が強く死を望んだ時、世界に絶望した時、唐突に生を終えることになる。長命とあって、元来、同族はみな孤独に強い。ユオラもまた湖畔での生活にそれなりの生き甲斐を感じていた。

――そう、僕は静かに、研究に没頭しながらゴルトヴァルデで暮らしていた。

それが変わったのは、長年に渡り程よい関係を築いていたあのゴルトヴァルデ家に、魔石を持たぬ異端の児が生を受けた時のことだ。

突如吹き抜けた強風が、木の葉を巻き上げて視界を奪う。旋風が通り過ぎたとき、目の前にはゴルトヴァルデ家の屋敷が広がっていた。

その日、ユオラは世界中の叡智に長けた知者として、ゴルトヴァルデ家に招かれたのである。黒灰色の獣耳に、青灰色の瞳を持つ女性が、沈痛な面持ちでおくるみを抱えて進み出る。玄関に待機していたかつてのユオラは、その貌を覗き込み、眉間に深くしわを刻んだ。

『……どういうことなのでしょう……魔石がないだなんて……私は不貞をはたらいた覚えなどないのです。確かにカーバンクルとの間の子であるというのに、下位種の私の血が色濃く出ることなどありうるのでしょうか』

夫婦が異種族であった場合、より上位カーストに位置する側の種族の子が生まれてくるとされている。稀に逆転現象を起こすが、何よりその児は母方の特徴を備えてはいなかった。

『う、あー』

黒く柔らかそうな頭髪に、白い肌。そして深紅の希望に満ちた瞳を輝かせる嬰児は、ユオラを見てぱあっと表情を緩ませて、嬉しそうに笑った。

罪悪感とも、やるせなさとも言えない苦い思いが、ユオラの胸を苛んだ。

『……何ということだ……この子は、世の理を正すため神に選ばれたのでしょう……』

声を震わせたユオラに、貴夫人は、イグナートの母は首を傾げた。

『世の理……神に選ばれたということは、喜ばしいことなのですね？』

表情を和ませかけた夫人に、ユオラは何度も首を横に振って見せた。

上位種の中には、稀にこういった異端児が生まれいずる。種の存亡を司り、この世の均衡を保つために誕生するとされる裁定者。上位の存在の血を引く種族であるほど、任された宿命は重く恐ろしいものとなる。

『……この子は、穢れた大地を滅ぼし、浄化するために生まれました』

ユオラも実際に目にしたのはこれが初めてのことであった。

妻の背後でまんじりともせず話を聞いていた主人が、ぎょっと目を見開いた。無理もない、とユオラは思った。カーバンクルもまた妖精族と同じく個体数が少ない。それはつまり、情報が継承されづらいということに直結する。

『魔石を持たぬということは、その身から溢れる魔力をもてあますということ。この力は成人に至る頃に暴走し、この子の身体ごと、大地を焼いてすべてを無に帰すでしょう。それが、天より、あなた様の血より授けられしこの子の運命……この子が、古来災厄とうたわれた事件を引き起こすのやも……』

卒倒しかけた夫人を、イグナートの父である領主が末児ごと抱きとめる。

『なぜ……私たちは古くからこの土地を慈しみ守り通してきたのだぞ⁉　どうしてここを焼き払わねばならない？　いったい何のために！』

『それは私にも……すべてはこの世界の中枢にて魔力を生み出す神のご意思。もしかすると、千変と称される伝承を残された初代のご当主様は、何かご存知だったのかもしれませんが』

『だからといってどうして……なぜ私たちの子が……大地を滅ぼすどころか、その身ごととは……つまり、若くして命を落とすというのか。しかも故郷となるこの土地を、愛する民とども焼くために？　千変などと、あれは伝承に過ぎないのではなかったのか』

先代当主もまた、真っ先に民のことを考えるカーバンクルらしい人柄であった。それでも恐ろしかっただろう。この愛らしい我が子の命はそう長くは無く、いずれはこの土地を滅ぼした魔物として語られることとなるなど。

『何かこの子を救う手立てはないのだろうか……何でもいい……知っていることがあれば、不確かな情報でも……この国をあなたに明け渡しても構わない……』

『いいえ、私は君主の器に相応しくはございませんから。そのほかの財宝にも興味はございませんし、私に出来ることなど……』

ユオラは今の自分からは想像も出来ぬほど粛とした声でそう言い切り、首を横に振った。

このふた親を憐れまないわけではないが、どうする手立ても思いつかない。何らかの対価を得たところで、ユオラに出来ることは限られている。そうでなくとも、一人、長い間、この地に伝わる終末の伝承を回避すべく行動していたのだ。しかし予想が外れてしまった。徐々に森の自浄作用が機能しなくなるような変化を想像していたが、元凶はこの罪のない赤子である。

これまでの研究や記録は何一つ役に立ちそうにない。自分がどれだけ楽観的で無力であるかを痛感させられた。

これもまた運命だと諦めるほかない。遺憾だが、人々にはこの地を捨て遠くへ逃れるよう進言することしか出来ないだろう。ユオラはまだ生まれて数週間足らずの子を見下ろし、父母にそう告げようとした。

『っ、きゃは、っきゃあ！』

『……』

ユオラを見つめたままにこにこと笑う赤子の頬に、ひらりと枯葉が落ちた。俯いた母はその様子に気づく素振りもない。ユオラは小さく嘆息し、自身の無力さを呪いながらその子に手を伸ばす。

『うー、ああ！』

『……！』

頬に伸ばしたユオラの人差し指を、その児の、まだろくに節々が機能していない、紅葉のような手が握った。ふくふくとしていて、まだ頼りなく力もない。けれど、柔らかい。血が通っている、この子は確かにここに生きている。

何より衝撃だったのは、何の怯えもなくユオラに触れてくれたことだ。このカーバンクルの夫妻や、その先祖さえ、得体のしれぬ力を秘めるユオラを恐れた。危害を加えられることはないが、生命の理から外れていると、不気味だと、誰もが避けたこの肉体。それに、その辺の鼠や鼬に噛まれただけで死んでしまいそうな存在が触れ、花がほころんだような満面の笑みを向けてくれた。

その時に胸にあふれた想いをどう表現すればいいのか、今のユオラにもうまく言葉が出ない。ただ、気まぐれに各地を放浪して人生を浪費する隠者の心が、直に揺さぶられたのは事実だった。

『……時間をくださいますか。そしてよろしければお屋敷の書庫を拝見させていただきたい。私なりに、出来る限りのことをしてみたいと思います』

以前のユオラなら、余計な口を挟まずに見切りをつけ、この土地を発っていただろう。それが自然のあるがままを、神の意思を受け入れる、己がすべき最善だと判断したはずだ。

ユオラの言葉を、愛情深い両親は涙をこぼしながら承諾した。

それからユオラは生活のほとんどを費やし、研究に励んだ。

月に何度も、幼子の容態を確認するため、ゴルトヴァルデ家に足を運んだ。彼の元に魔石が出現することはなく、淡い希望は幾度となく打ち砕かれたが、ユオラの決心は鈍るどころか固く揺るがぬものへ変わっていった。

そうしてイグナートが三歳の誕生日を迎える直前に、ユオラは行動に出た。

『――この子の魔力を直接私の中に流し込み封じ続けることで、暴走を防げるかもしれない』

自由に駆け回れるようになったイグナートを抱き上げて、ユオラはそう告げた。

彼の身がなぜ危ういのかを突き詰めると、自身の扱う魔力を制御する装置が欠けているためだ。であれば、自分という器が代わりとなればいい。少なくとも、彼が未熟な子供である間はユオラ一人でどうにかできるだろう。

しかし、すべてがうまくいくとは限らない。異端児たるイグナートがどれだけの力を持つのかは定かではないからだ。時間を稼いだところで、来年にでも父や兄を凌ぐ魔力を放出するようになるかもしれない。そうなれば、魔力庫としての素養を持つ妖精族のユオラでも受け止めきれないかもしれない。

それでも、何もしないよりはずっといい。この愛しい子を見捨ててしまうぐらいなら、いつかは生きることに疲れ果て、無残に朽ちるこの身体を、人のぬくもりを思い出させてくれた赤ん坊のために使いたかった。

上位種たるカーバンクルの魔石の代わりを担うなど、前代未聞のことだ。前例など存在しないし、何が起こるか分からない。ユオラが失敗し、次の瞬間には森ごとすべてが弾け飛んでしまうかもしれない。危惧するユオラに、すでにイグナートの件で遠方から呼び寄せられていたレヌは、ゴルトヴァルデ家の始祖が遺した森の自浄作用を活用することを勧めた。ユオラが受け止めた魔力を何万という木々に注ぎ込めば、一本一本の効果は小さくとも、力の爆発を防ぐ程度の効力は得られるだろう、と。

結果的に、それが『ゴルトヴァルデの千変』の引き金となる危険性も付け加えた。

それでもユオラと領主らの意志は固かった。

ユオラはレヌに見届け役を頼み込み、古くから受け継がれてきた秘術を駆使して、一世一代の賭けに出たのだった。

その目論見は半ば成功し、もう半分は失敗した。

あまりに大掛かりな術式を組んだ反動だろうか、神の意思に反する試みであったためだろうか――イグナートの魔力を受け入れたユオラは、儀式の最中に気を失い、生まれて間もない赤子へ変化していた。さらに関わった人々の記憶から、孤高の術師であるユオラの記憶は忘れ去られてしまう。それに伴い、イグナートとユオラの間に結ばれた契約やことの顚末の一切が綺麗さっぱり失われた。欠けた部分の記憶は上手く埋め合わせられたのだろう。こうしてユオラが思いだすまで、誰も何一つ疑問を抱くことはなかった。

——ううん、違う、僕が死んだから、全部解き放たれたんだ……。

実際には死んだと思い込んだ——というべきだろうか。外見はケットシーであろうと、その実は妖精族のままなのだ。誰もがまだ意識が判然としない中、ユオラは森の中で拾われたことになった。実際にはその場でイグナートの母に抱き上げられ、本能的に同じ姿に擬態したのだけれど。

——そうだ、戻らなきゃ。

今なら、自分のやるべきことがわかる。イグナートに真実を伝えられる。いいや、伝えなくてはならない。何も気後れする必要はない、ユオラ自身がイグナートの魔石となりうる存在なのだと。

そんな決意を胸に、ユオラはきつく瞑目した。肉体が葬られるよりも前に、現世に戻るために。

肌を炙られるような熱気を感じ、ユオラはひどい悪夢を見た後のように勢いよく覚醒した。早鐘を打つ胸を押さえ、足りない酸素を補おうとするかのように荒ぶる呼吸を整える。そうして顔を上げたユオラは、視界が燃え盛る緋色一色に染められていることに気づいて目を見張った。

火の粉が舞い、木々がもうもうと黒煙を噴き上げている。その枝葉は揺らめく炎の朱色に塗りかえられている。火の手は地面に敷き詰められた落葉にもまわり、黄金に輝いていた大地のあちこちが魔物の舌のように地上から天を舐めていた。

この身体が息を吹き返したのだから、そう長い時間は経過していないはずだった。獣の耳も尾もぴくぴく動いている。

──おかしい、こんなに早く戦争が始まるだなんて。

眉をひそめたユオラの鼓膜を、おぞましい獣の咆哮が劈いた。

はっと声のした方を仰ぎ見て、ユオラは言葉を失う。忽然と森に影を落としていたのは、天を突くような黒い怪物だった。

地の底の闇をこごらせたような漆黒にきらめく巨軀は、固い鱗に覆われていた。手の先を縁取るかぎづめはぞっとするほど鋭利で、上顎から突き出た牙は刃のように鋭い。背の高い森の木々でも、その黒影の胸元には届いていない。頭部には、一対の黒光りする曲角。こぶ状のトゲに覆われた背部からは、蝙蝠を思わせる翼が生えているのが視認できる。

その双眸に理性はなく、ただそういう鉱石をはめ込まれている人形のように、爛々と深紅にきらめいている。

怪物──巨大なドラゴンは、グオオ、ともがき苦しむような雄叫びをあげたあと、その口元から宙へとごうと炎を噴出し森を焼き払った。長い尾が木々を薙ぎ払う轟音が響く。

「まるでおとぎ話に出てくる始祖竜だね」

柔らかな声がユオラの胸中を代弁してくれた。首をそちらへ向けると、頬に煤をこびりつけたレヌが失笑している。

あの巨竜はイグナートなのだ、と本能的に分かった。ユオラが取り込んでいた力が放出されたことで、本来あるべき姿を――世界を滅ぼし循環させるという怪物としての性を取り戻してしまった。長い間混血が繰り返されてきた現代の種族が、先祖となる獣の姿をとることなど、他に前例がない。

彼を止めなくてはならない。世界のためなどではなく、イグナート自身と、そしてユオラのために。イグナートは自身の死はもちろんのこと、自国を燃やし尽くすことなど望んでいなかっただろう。ユオラだってむざむざとイグナートを失うつもりはない。

イグナートの魔石の代わりはユオラ自身だった。一度は成功したのだ、もう一度、彼の力を自身の中に封じられるかもしれない。やれるだけのことをやろう。自分を卑下して挫けたりしない。

すかさず駆けだそうとしたユオラは、ふと足を止めて背後を振り返った。

「……レヌも、記憶を?」

「ああ、思い出したよ、全て。なるほど、イグの力とともに封じ込められてたものが、君自身が壊れるとともにあふれ出したみたいだね。いやあ、上位種の力の衝突って末恐ろしい、後学になったよ」

「ごめん、僕が未熟だったから君まで」

レヌはいつもの調子で曖昧に笑うと、首を傾げて見せた。

「大したことじゃないさ、屋敷での生活も悪くはなかったし、むしろ楽しかったんだ。彼を生き永らえさせてくれたユオラには感謝してるぐらい。……さあ、行ってくれユオラ。僕の声はもう全然届かないみたいだけど、君ならあるいは——僕は被害を食い止めることに尽力しよう」

「うん……！」

ユオラは力強く頷きを返すと、くるりと踵を返して巨竜の足元へ駆け出していた。

木立の間に炎の壁が立ちふさがり、何度も迂回を繰り返した。それでもイグナートの姿を見失わずに済んだのは、不幸中の幸いと言えただろう。

もう、イグナートはユオラのことが分からないかもしれない。親友であるレヌの言葉さえ受け付けなかったのだから。それでもいい。爪で引き裂かれようと、その尾に叩き飛ばされようと、その炎で焼き焦がされようと、ユオラは簡単には死なない。衝撃や炎に耐性を持つ種族へ体を作り変えればいい。ユオラの身体には、それまでに経験してきた数々の変化が刻み込まれている。あらゆる土地を渡り歩き、やっと安住の地に辿り着いた。それがここゴルトヴァルデ、今ではイグナートの御許だ。

きっと自分の人生は今この時のために存在していたのだろうと断言できる。

どうかイグナートが飛翔してしまわないようにと祈りながら走り続けて、ユオラはその巨軀まであと少しというところで足を止めた。まだ破壊に躊躇いがあるのか、欠片でも領主であった頃の理性が残されているのか、イグナートは苦しげに頭を振り乱すばかりで、むやみに大地を蹂躙するような素振りは見せなかった。

「イグナート様！　イグ様っ！　止まって、止まってください！」

レヌには自信ありげに返したものの、どうすればイグナートを鎮められるのか、まったく手段が思いつかない。人の姿から変化した以上、逆に人へ戻ることも不可能ではないはず。魔術によって再びユオラが魔力を吸収するのが手っ取り早いのだろうが、自我を持つ生物へ魔術を施すためには一旦意識をユオラへ向けさせる必要がある。その呪いが成功したところで、彼から魔力を奪い続け、暴走が鎮まるまでにどれほどの時間を要するのかは見当もつかない。

弱気になっている場合ではない。せめて、動きを止められればいいのだが——。

「イグナート様！　話を聞いてください！　僕の方を見て！　お願いっ、お願いですっ……！」

そうだ、有翼の種族に変化して、自分が飛び上がってイグナートの眼前まで行けばいい。

そう閃いたユオラの目の前で、彼の周りを威嚇するように飛び回っていた大鷲が、煩い羽虫でも払うようにして叩き落とされた。旋回して逃げ去ろうとした別の鳥は、火炎の射程から逃れきれずに黒焦げとなり落下してしまう。変化できる種族は一つきり、二つを同時に発現させることは出来ない。炎と衝撃に強く、翼を持つ種族を、ユオラは知らない。

――どうしよう、早くしないと手遅れになるかもしれないのに……！

焦燥感を募らせるユオラの耳を、キィイン、と耳鳴りのような甲高い音が貫く。

途端、どこからともなく現れた無数の青い光弾がイグナートの背中を爆撃した。のそり、巨体がそちらの方を振り返る。光弾が放たれたのは、ここから北東の方角のようだった。

「……まさか、北部の砦からの砲撃……！」

領内に巡らせている魔力探知術が、突然現れた巨竜を捕捉したのだろう。軍部のほとんどを任された北方の領主は、脅威をただちに消し去ることが最重要責務である。この魔物がイグナートであることなど知る由もない。

――どうしよう、このままじゃあイグナート様が倒されてしまうかも……！

神代とは異なり、今では魔力を使用した強力な兵器が多数発明されている。それらを用いた上で高位の魔術師らに取り囲まれてしまえば、伝承に語られる巨竜といえどひとたまりもない。

北部へ攻撃をやめるよう連絡しようにも、既にこの地域一帯にはある程度の魔力を遮断する結界が張られている。未知の存在同士の連絡を阻んだり、その攻撃が広範囲へ及ばぬようにしたりするための措置が裏目に出ている。こうして手をこまねいているうちに、もうじき王国側からの攻撃も始まるだろう。

ユオラは唇を嚙みしめると、イグナートを守るように四方に透明な結界を築くことにした。

これでやり過ごしながら次の一手を探すほかない。

「っ……！」

魔力を圧縮した光弾が一帯を覆う障壁を壊し、ユオラの築いた結界の外側にぶつかってくる。それを弾いた次の瞬間には、我を忘れて怒り猛るイグナートの攻撃がユオラの障壁を襲った。塞いでも塞いでも穴が開き、体力は消耗していく一方だった。溜め込む力が強いだけで、ユオラ自身の魔力が無尽蔵というわけではない。集中するあまり、この場を切り抜けるための策を練ることに思考を割けない。

「っ、あ……！」

薄くなった箇所の修復が追い付かず、ひび割れた壁をぶち壊すようにしていくつもの光矢がイグナートを直撃した。

黒煙が舞い上がる中、絶叫したイグナートの身体が傾ぎ、地響きとともにその場に倒れ込む。

「あ、ああっ！　イグナート様っ！」

ユオラは悲鳴のようにイグナートの名を呼びながら、その頭部の方へと回り込んだ。その貌は鱗に覆われ、獰猛な肉食の蜥蜴を連想させた。あの優美な麗容を誇るイグナートとは到底結びつかない。

血を凝らせたような眸は瞳孔が細長く、ぎょろぎょろとユオラを警戒するように動き回っていた。

危険だとか、恐ろしいとかいう感情は一切湧いてこなかった。ただイグナートをもとに戻し

てあげたくて、望まずにこんな身体と使命を得た彼が憐れで、ユオラは胸がいっぱいだった。

——ごめんなさい、僕のせいで……。

知識が豊富だというだけで、妖精族の皆が魔術の扱いに長けているというわけではない。ユオラが優秀な術者であったなら、誰もが記憶を失わずにすんだし、イグナートは魔石の有無を気に病まずにいられたはずなのに。

ユオラはイグナートの傍らにしゃがみこむと、涙をぽろぽろ流しながらその瞳を覗き込んだ。

「大丈夫……大丈夫です、イグナート様。僕、諦めませんから。どれだけ時間がかかっても、あなたを元に戻してみせます。僕が守り続けてみせます、あなたも、あなたの国も……僕、ずっと傍に居ますから。だから、生きていてください……お願いです……絶対に戻してみせるから……」

理性を失おうとも、姿かたちが変わろうとも、この竜は紛れもなく、ユオラの愛したイグナート。そして以前のユオラが、人生を捧げても構わないとまで慈しんだ、唯一無二の主。

「お慕いしています、イグナート様……ずっと……あなたを一人にはしません」

姿を確認できなくなったためか、攻撃はやんでいた。

ユオラを見つめる片側の瞳孔が、より鋭くきゅっと細められる。

「でも……できれば早く帰ってきてください。僕以外にも、あなたが居なくて寂しがる人は大勢いるから」

ユオラはそう囁いて、自身の額をそっと、その硬質な表皮へ押し付けた。弾き飛ばされたらどうしようなどという恐怖は微塵もなかった。

身体を触れ合わせることで、少しでも多くの魔術を取りこめればそれだけイグナートの回復は早まる。ユオラはそのまま頰を、両掌を添え、しなだれかかるようにして直に触れ合う部分を広げた。

少しでもその時が早まればいいと、淡い望みをたたえただけだったのだが——。

『——ユ……オ……』

「へ？　……あ」

咄嗟に身を起こして、ユオラは眼を瞬かせた。

紅玉の瞳に確かに知性が宿っている。途端に、竜の身体から黒い靄が立ち上り始めた。

「イ、イグ様？　イグ様！　何？　何かの魔術!?」

視界を靄に埋め尽くされながらも、ユオラは必死に手探りで主の姿を捜した。すると、先ほどとは打って変わって柔らかなものが指先に触れる。黒い靄が立ち込めてよく見えないが、確かにイグナートはそこにいるようだ。

ほっと安堵したユオラは、黒霧が晴れると同時に自身の目を疑った。

「……え……」

ぼろぼろの黒衣を纏った、人の姿をしたイグナートが座り込んでいた。ユオラが触れていたのは、彼の左胸だ。衣類越しに、低めの体温と規則的な拍動を感じ取ることが出来る。

「え？　え……イグナート、様……？」

「……ユオラ、……なのか」

ユオラがおずおずと頷くと同時に、触れていた手を取られ、その逞しい腕にきつく抱き込まれていた。

「本当だな？　生きているんだな？　ああ、どうして……いやどうでもいい、無事でいてくれたならそれだけで、もう何が何でも構わない。良かった、良かったユオラ……」

低めの声も、匂いも触れ方も、そこにある熱も、確かにイグナートがそこに存在していると いう証だ。けれどユオラは、まだ唐突に舞い降りた奇跡を信じられずに呆然としていた。

「イグナート様こそ……、な、何ともないのですか？　さっきまで……」

「……まさか、これは、私が？」

返答に窮したユオラに、何かを察したらしいイグナートが表情を曇らせる。

「……何も思い出せない。君が死んでしまったのだと思って、……意識が飛んでいたようで、気づいたらここにいて……」

「あの……、実は、すべて僕のせいで……」

「それは違う、確かにユオラを亡くした悲しみのあまり、我を忘れてしまった結果なわけだが、君は悪くない」

ユオラはそれでも食い下がり、首を横に振る。

「僕が死んでしまったからなんです、イグ様が理性を失ってしまったのは……！　僕は、僕自身がイグ様の魔石の代わりで……それ、で……っんむ」

必死に言い募るユオラの唇を、イグナートがそっと触れるだけの口づけで塞いだ。

「……少しは落ち着いたか？」

唖然とするユオラに、離れたイグナートが薄く笑いかける。

そういえば、死を覚悟したあのとき、とんでもないことを口走りはしなかったか。

今際の際の告白を思い出してたじろぐユオラを前に、イグナートは真剣な面持ちになる。

「ひどく心配をかけたのだろうし、何だか覚えのない記憶もある。話したいことは山ほどあるが……この火災を鎮めなければおちおち語らいもできないな。すまないユオラ、もう少しだけ手伝ってくれ……傍に居てくれ、私の魂の片割れとして」

「は、はい！」

率直な物言いに戸惑いつつ、ユオラは強く頷きを返す。

そして今にも動き出そうとするイグナートを制止し、その胸にぴたりと寄り添った。

「……ユオラ」

触れ合ったところが心地いい。それは人肌だからというわけではなく、自身の中で渦巻く力が、イグナートと共鳴し合うのを感じるのだ。勘違いではない、イグナートの力は、再びユオ

ラの中に閉じ込められたのだ。なぜなら、まだユオラは生きているから。死を誤認したために
ユオラの命ごと断たれかけた縁は、その復活により再び色濃く結ばれたのだろう。

何より、魔力の供給源たるイグナートが、ユオラと共にあることを望んでくれたからだ。

「大丈夫か？　まだどこか痛むのかな、ユオラ」

「いいえ違うんです。そうじゃなくて、このまま願ってください、イグナート様」

「願う？」

「はい……何でもいいんです、どのように火を消すのか、どうしたらこの事態を収めることが
出来るのか」

「……しかし……」

「大丈夫、イグナート様ならできます」

イグナートは怪訝そうな顔をしたが、目を閉じ、ユオラの指示に従う。

ユオラには分かる。今のイグナートに不可能などほとんど存在しない。学ばずとも直感で
様々な魔術を扱うことが出来るはずだ。ユオラという意思を持つ『魔石』との繋がりがある限り。

その命が、あるいは衰えにより魔術が枯渇するそのときまで。

「考えて、僕の中に流し込もうとしてみてください。あなたの願いを僕が叶えます。あなたに
与えられた魔力で……僕たち二人なら、起こせない奇跡なんてないんです」

「……ああ、わかる、感じるよ、ユオラ。君の存在を……まずはそうだ、火災を収める必要が

ある……」

「はい」

イグナートが意識を集中させる感覚が、ユオラにもじわりと柔らかな熱とともに流れ込んでくる。

あとはその意志と願いをユオラが昇華させてゆくだけだ。

――確かカーバンクルの祖先の始祖竜さまは、天候を司る神様であらせられたはず。

森の中で寄り添う主従を軸に、天にもうもうと暗雲が垂れ込め始める。焦げて乾燥した風が、にわかに湿気をはらんでゆく。

次の瞬間には、天を仰いだユオラの頬を大粒の雨が打った。

突如、ゴルトヴァルデ一帯を襲った豪雨は三日三晩降り続き、野営の火の不始末が原因で引き起こされた大規模な森林火災を、あっという間に鎮めた――という。

薬草の匂いがつん、と香っている。

包帯に包まれた右手を持ち上げ、ゆっくりとその白布を外してゆく。顔、背中と順番にそうしていくと、圧迫感が薄れて解放感にほっと息を吐いた。

肩口の切り傷に胸を穿たれた痕、そして軽い火傷。妖精族の変化の能力が関係しているのか、誰もが驚く速さで全ての傷が治癒した。痛みはもうない。胸に残された痛々しい矢傷の痣だけが、清らかな身体に影を落としている――と、イグナートやレヌは悔しがる。

「……私のせいで……」

その名誉の痣を眺めていたユオラは、慌てて首を横に振る。そしてベッドサイドに腰かけて、いたましげな顔でその傷を眺める主の顔を覗き見た。

イグナートには、ユオラの過去を含むすべてを打ち明けていた。

自身が災厄の引き金になりうるとも知らぬまま、何百年も生き永らえていたこと、イグナートが生まれるよりも前からゴルトヴァルデ家とは交流があったこと。ケットシーではなく、全く異なる種族であること。

幼いイグナートに絆され、生涯の主と定めたこと、今では敬愛を超え男性として愛おしく思っていること。

その当時のユオラと、今のユオラは全く別の存在であるということ。

イグナートは寝室でユオラの看病を続けながら、そのひとつひとつを親身に受け止め、嚥下し、現状を受け入れていった。当時の彼はまだ物心つく前の幼子であったたし、時間がかかるかもしれないと覚悟していたものの、全てユオラの杞憂となったのには驚いた。

イグナートの体調が整うまでの間、対外的な交渉などは、意外にもレヌが率先して請け負ってくれたという。王国や北部、家族への伝達を進める中で、ヴーレンが凶行に至るまでの理由も明らかとなった。

『聞きたくもないかもしれないけれど……ヴーレン様についてのことなんだ』

『うん……』

たった一度、イグナートを外した席で、レヌが教えてくれた。

『あの方は——ヴーレン様はね、両性具有であらせられたらしい』

『え……』

男でありながら女性器を持つヴーレンは、一族の恥として偽の病を理由に幽閉された暮らしを送っていたという。その事実を知るのはごく一部の者のみであったが、王族に連なる者となれば結婚は避けては通れない。が、何の因果か身内には家門と釣り合いそうな格を持つ娘が存在しなかった。かといって適当な相手を見繕ったのでは政敵にこの醜聞が漏れかねない。そこへイグナートの縁談が舞い込み、性別を問わぬなど絶好の機会だと隣国の統治者であるゴルトヴァルデ家へ押し付けようとしたのである。

それでも寝食に困らぬだけましではないか、と下層の暮らしを知るユオラは思うのだが、高位にある貴族としては不満であったらしい。また、取り返しのつかぬ事態を恐れ、性器に特殊な処置を受けた者以外、父母も誰も彼の屋敷には近づかなかった。大勢の使用人に囲まれながら、彼はいつも孤独であったのだ。

重い偏見と愛情不足――それが、ヴーレンの謀反の理由だった。それでも、審問の際には『思えば、あれは私の精神を傷つけまいとした、両親なりの愛だったのだろう。でなければ、跡取りにも政略の駒にもならぬ役立たずなどとっくに野に打ち捨てられていてもおかしくはなかった、大事にされたからこそこの年まで勝手気ままに生きのびられたのだろう』という分析とともに反省の弁を述べたという。

そうしてヴーレンは表舞台から姿を消し、婚約は解消となった。

ユオラには、誰も間違っているとは思えなかった。すべて致し方のないことだったのだ。ヴーレンのしたことは確かに度が過ぎていたけれど、それほどまでに寂しい思いをしていたのだということは想像がつく。

現に、ユオラにこう手紙を寄越したのだ。

『イグナート様のような強く気高い存在に守られるお前が憎く、愛おしく、妬ましく思えていたのだ』、と。

長いことゴルトヴァルデを憎んでいたが、それは無意味であると悟ったらしい。ユオラとともに日々を過ごす中で、『両親は自分を愛していた、それゆえ情に薄いケットシーの生まれでありながら殺されずに済んでいたのだ』と気づけたことが大きかったという。

彼の今後の処遇はユオラには関わりのないことだ。けれど、頼る者がいない寂しさは理解できる。何より転移魔術の使い手としての力は疑いようもない、ユオラとしては国政に関わるべきではないかと思う。

仕出かしたことの重大さは計り知れない。だが、その動機をみるとヴーレンは大罪者と呼ぶにはあまりに幼い存在だ。

「何を考えているんだ、ユオラ」

「あ、イグ、さま……っ！」

ベッドサイドに腰かけてこちらの様子を窺っていたイグナートが、身を乗り出して頰に口づけてきた。

「ヴーレン様からお手紙が届いたでしょう？　その内容を思い返して、どうしているかなって……」

「やはりそうか……何やら私を焦燥感に駆り立てるような感情をひしひしと感じてね。繫がっているというのも考えものだな、私が傍に居るというのに他の男の話とは」

「別にやましい意味はなくてっ！　第一、その、イグナート様が変なことを思いつかなければこんなことには…………イグ様？」

「……それはものすごく反省しているんだ……」

「あ、別に責めるつもりは」

「いや、むしろ一度説教されたい気分だよ」

イグナートは深くため息を吐くと、甘えるようにユオラの肩に額を擦りつけてくる。

「うちにケットシーは少なかっただろう？　だから、群れることが苦手だなんて考えがなくて……仲間と居た方が幸せなのだろうと、私に気を遣わせて屋敷に留め置くのは可哀想だと思って、気が逸ってしまったんだ」

もっとも、ユオラはそもそもケットシーではなかったのだが――とイグナートは続ける。

「せっかく湖畔に住まわせても、こちらのことを気にかけてばかりで村に移住したり、誰かと連るむようなことはなかったから、君が奥手な性格なのもあるんだろうと思って。いっそのこと街へ放り込めば、私のことなど気にせず慌ただしくも自由な日々を送れるだろうと、ね。浅はかだったと思ってるよ。君がもし他の人にかすめとられていたらと考えるとぞっとする……そんなこと絶対に許せなかっただろうに、自分の偽善っぷりに呆れるばかりだよ」

「他の誰かなんて絶対にないです！　僕はずっとイグナート様をお慕いしているんですから………」

必死に言い募るユオラの頭を撫でながら、イグナートは思わず口元を緩める。婚姻が決まった直後から、あまりに浅慮過ぎる誤解をしてレヌに嫉妬心を剝き出しにしたことは墓場まで持っていくことにする。その前にレヌの口を封じなければならないのが厄介だが――。

イグナートの甘すぎる告白にうっとりと浸っていたユオラだが、ふと妙な点に気づいてそっと身を離した。

「あの、僕のためを思って屋敷から出した、ということですか？　僕はその、生贄だったんじや……？」

ユオラは、情の厚いカーバンクルが身内から選んだ生贄。アイトシュタット王国との境界に住まい、ゴルトヴァルデに侵攻の意思がないことを示すための証。ゴルトヴァルデに妙な動きがあれば、王国の手で処される。結局は開戦となりうるため一見無意味にも思えるが、あのカーバンクルがとりわけ寵愛した側近を差し出してまで、この盟約を破るつもりはないという意思表示をすることに意味がある。

そう理解していたのだが、瞠目したイグナートを見るに違ったらしい。

「な、まさか、あんな根拠もない噂を信じていたのか⁉　ユオラをそんな危ない目に遭わせるだなんて出来るわけがないだろう？　第一、そんなもの何の役に立つ？　王国側に良からぬ誤解を受けて殺されたり、あるいは戦争を望むヴーレンのような輩に殺されるかもしれない。そうなれば結局、争いは始まるのだから」

「そ……う、ですか……違ったんだ……なんだ……僕も誤解してたみたいです」

「どんな？　もう思いを秘めあうのはよそう、君が考えていたことを全部教えてほしい」

「ええと、僕は生贄で。イグ様はヴーレン様のことを好きになって、同族の僕がいるとヴーレン様が嫌がるかもしれないから僕を遠ざけたくて、生贄じゃなくそうとしたのかなって。それか、僕がイグ様をお慕いしていることが伝わっちゃったから、鬱陶しくなったのかなって……それなのにキャラバンはダメだと仰るので、訳が分からなくなっちゃって……」

ユオラが語り終えると、イグナートは深く嘆息して目元を覆った。

「……全部、全部が裏目に出ていたのか……」

「いえ！　勝手に噂を信じて誤解した僕も悪いんです。湖畔での生活も悪くなかったんですよ、屋敷にいるより、イグ様の役に立てている気がして」

手を外してこちらを見下ろしたイグナートが、わざとらしく悲し気な表情をつくる。

「本当に？　私はユオラがいなくて寂しくてたまらなかったよ」

「！　えっ、あ、それは僕だってもちろん！　イグ様のこと、考えない日は無かったです……！」

イグナートの満足げかつ自信に満ちた眼差しに、ユオラは思わず顔を赤らめて視線を逸らす。すると、イグナートは小さく笑みこぼしてユオラの髪を撫でた。

「私もそうだよ、ユオラ。私もね、もちろん不幸ではなかったけれど、何となくずっと孤独を抱えていたんだ。魔石がないことで腫物のような扱いを受けていたからね。でも、ユオラだけは違った、自然に私に接してくれていた。そのことに私がどれだけ救われていたことか」

それはおそらく、かつてのユオラが味わったのとよく似た感情に違いないと、ユオラは胸が熱くなった。生まれて間もない子に指を握られたあの日、確かにユオラは救われたのだ。

運命とは不思議なものだと、ユオラは目元を和ませた。

「心だけじゃない。まさか、この肉体まで君に救われていたとは思いもよらなかったが」

「う……ごめんなさい、それこそ、僕が中途半端じゃなければ、今回みたいなことには」

「何を言うかと思えば。ユオラが私のために全てを賭けてもいいと思ってくれた……それだけで私は踊り出してしまいそうなぐらい幸せなんだ、謝らないで」

イグナートは苦笑して、ユオラの頬にそっと口づけた。

「可愛い私の魔石……なんていうのは、あまりに捻りのない口説き文句かな」

「い、いいえ。可愛いというのは照れますけど、僕もイグ様のものだって言われるの、嬉しいです」

「ああ全く、真面目で健気で本当に可愛いな、ユオラは。私はもう、名実ともに君なしでは生きられなくなってしまった。責任を取ってくれるだろう？」

「せ、責任、ですか……？」

ユオラが狼狽えると、イグナートは笑みを深めて距離を詰めてくる。

「もう君を手放したくないし、手放せない。ずっと傍にいてほしい。いいや、一緒にいるべきなんだ、だってもう、私たちは片割れ同士なんだから。ユオラはそうは思わない？」

真正面から見つめてくる深紅の瞳に、獣の耳を失い、代わりにイグナートと似た耳を持つ己の姿が映りこんでいる。まるで石の中に自分が閉じ込められているかのような錯覚を覚えて、じっと魅入ってしまった。

――僕が、イグナート様の魔石、生きるための要。

瞳の奥にさえそう主張されているような気がして、いっそう心が浮ついてしまう。

「返事は?」

「は、い……ぁ、んっ……」

慌てて頷くと同時に、押し付けるように唇を塞がれていた。そのまま深いところまで貪られると、隠されていた官能にぽっと火が灯されるのを感じた。

「い、いけません……! イグ様の方が傷が深くてっ……あ……!」

「どうってことない、これぐらい。ユオラを味わえない苦しさに比べたら……」

のしかかってきたイグナートがユオラの首筋に歯を立て、何度も甘嚙みを繰り返す。歯形を残すことと、ユオラの表情を切なさに歪めることが好きらしい。

イグナートは苦笑すると、ゆっくりと上衣のボタンを外し、穢れのない肌にそっと指を這わせた。

「っ、あ……だめ、だめ、です!」

「何が? 以前と違ってユオラは元気だろう? 私の怪我などどうでもいい、いずれ治るから……だから、今回の騒動を乗り越えた褒美が欲しいんだが」

「あ……」

後孔に伸びた指が、窄まりにつぷりとめり込み、中を解し始める。

「違うか、私がなにもかも打ち明けられていれば……あれ、でもユオラの方が年上なのかな? なら、私という幼子を全身で受け入れてもらわねばね……?」

「っ、ひ、待って、む……っあぁ！」

いつの間にか潜り込んでいた三本の指が引き抜かれた途端、その何倍も太いイグナートのものが、ユオラの中へ突き立てられていた。

揺さぶられ、抉られるたび、理性が飛ぶ。

ただ、イグナートのものになれてよかったと、心が悦びに打ち震えてしまう。

「っ、ひ、だめ………く、るっ、……ぁぁぁ！」

快感が芯を迸り、それでも止まぬ突き上げのたびに、得体のしれぬ透明な汁がとろとろと先端からこぼれて快感を生む。イグナートにならば壊されてしまってもいいとさえ思いながら、ユオラはその終わりのない快感に酔いしれ続けた。

「っ、は……ユオラ……私のもの……私だけの……私の、ユオラ………！」

うっとりと微笑んだイグナートは何度も何度も、繰り返しユオラに口づける。

イグナートというこの世を滅ぼしかねぬ怪物をこの世につなぎとめる、唯一無二の、失うことのできない片割れ。

イグナート自身は知っている。

あのとき、自身が巨竜と化したのは、ユオラを失ったという絶望に呑み込まれたがゆえのものであることを。ユオラ自身はまだ器としての機能を失っておらず、一時的に仮死状態に陥っていただけであるのだと。

なぜ告げないのかなんて愚かな問いだ。どうでもいいことだったからだ。

ユオラは、自分のもの。

他の誰にも譲れぬ、悪意の抑制剤。

イグナートの悪意の放出は、この世に大小さまざまな災いをもたらす。それを食い止めるのが、ユオラ。

そういう意味で、紛うことなくゴルトヴァルデの生贄なのだ。

「あっ、あぁぁっ、っ、いく……！」

「っ、ユオラ……っ！」

イグナートが自身の最奥へ精を放ったのを感じ、ユオラは多幸感に包まれ、身体を弛緩させた。

「ユオラ……ずっと言いそびれていたように思う……君を、愛している……」

囁かれた声は、夢なのではと思うほどに甘く切なく、そして何よりもユオラが焦がれた言葉だった。

潤んだ瞳を瞠り、ユオラはイグナートを見上げた。閨の睦言ではないかと疑いかけたユオラの唇を何度も啄みながら、まるでうわごとを紡ぐように、愛しているとか、可愛いとかを繰り返す。

「ずっと、たぶん幼い頃に君を見たその日から。初恋はユオラで……ずっと焦がれていた……

どんな君でも、すきなんだ……」

その情けを乞うような瞳に、偽りの影は見られない。いや、嘘でもいいと思うほど、ユオラの心は喜びに満ちていた。今この瞬間だけでも、イグナートが自分のものでいてくれるならそれでいい、それ以上の幸せなどない。

「ユオラ……私の、ユオラ……っ！」

「……ん……ぃぐなー、と、さま……」

イグナートがその脱力した体に幾度となく唇を押し付けていると、ユオラは息も絶え絶えに続けた。

「……僕、わかるんです……奥方様は、自殺なさったんじゃ、ないって……」

「ユオラ……？」

イグナートの記憶の中の母は、確かに自分で命を絶った。あるいは賊に襲われたのだが、ともかく魔石を持たぬ子に絶望し、自ら、森の湖へ向かったのだ。

けれどそれは違うのだと、ユオラは確信をもって小さく笑う。

「伝承のひとつを思い出したんです。森には二十八の湖や沼があって、夜更けに毎晩一か所ずつ、とある順番にその水辺へ向かいます。そこで自分の血を一滴垂らして、一周できると願いが叶うと。ただし、女性でなければいけないんです。しかもその願いや秘事を誰にも知られてはならない……」

「っ……」

「僕、夜更けに使用人と出ていかれる奥方様を見たことがあります。それに、あの時期の奥方様、なぜかいつも手に怪我をしてらっしゃいましたよね？」

「……そんな、まさか」

「ずっとぼんやりと違和感があったのですが、今なら確信出来ます。最後まで、諦めていなかったのです。僕と同じように、イグ様が平穏に暮らせる道を……そこで、事故に遭われたのではないかと」

母としてできることを模索し続けた結果なのだと告げると、苦しげに微笑んだイグナートにきつく抱きしめられていた。その力強さは、彼の苦悩を如実に表している。

「……今度、花を手向けに行こう。一緒に来てくれるかな、ユオラ」

「はい、どこまでも」

――いつかは分からないけれど、この方の心が完璧に癒えればいい。

その時まで永遠に傍に侍り続けたいと、ユオラは静かに微笑みながら、その身体をきつく抱きしめ返した。

あとがき

お初にお目にかかります、壱師散子と申します。

この度、ルビー文庫よりデビューさせていただきました。こうして皆様にお手に取っていただけましたこと、未だに夢のようです。本当にありがとうございます。

不憫な猫ちゃんとファンタジー世界、強いにもかかわらず内心脆い攻め様、これでもかと絡んでくる脇役！　と好きなものを詰め込みつつ楽しく書かせていただいたお話でした。頑張っている子が報われるお話や、メンタルが弱めの攻め様が受けちゃんの手で芯の強さを取り戻していくような流れが大好きで、少しでもこの萌えを皆様にお伝えできればと思っています。ちりばめた要素のひとつでも琴線に触れ、楽しんでいただけたらとても嬉しいです。

前述した通り、イグナートは最強の種族でありながらコンプレックスを抱えていて脆い一面があります。ユオラだけがその脆さを補えるのだと、今回の件で自覚した彼の過保護な溺愛たるや……覗き見たいような、ちょっと目にしたくないような気さえします。今後、ユオラは大変ですね。

ユオラは気弱で健気な性質ながら、イグナートのために！　というところはブレない、ある意味過保護で強い子になってくれました。そのうち、レヌが製作に失敗したいかがわしい薬で一悶着起きそうだなと思っています。

今作は、角川ルビー小説大賞へ応募する内容をどうしようかと考えていた秋の日に、銀杏並木と、落ち葉で金色に塗り固められた路を眺めつつ構想を練ったお話でした。そこに『ルビー……となるとカーバンクルだな(?)』と謎の連想ゲームを繰り広げながら楽しくキャラを固めていったことをよく覚えています。

脇役にも花を持たせたい、と設定が取っ散らかっていた本作をまとめる際、担当様に確かな道筋へ導いていただきました。初めて尽くしで色々とご迷惑をおかけ致しましたが、優しく助言をくださりありがとうございました。イラスト指定では脇役であるレヌとヴーレンにも焦点を当てていただき、本当に嬉しかったです。

また、イラストを描いてくださった高星麻子先生、美しいイグナートと可愛らしいユオラ、ヴーレンにレヌを本当にありがとうございました。特にユオラは私が思い描いていたユオラよりもユオラらしく描いていただき、イグナートも想像以上に麗しくて、ラフを拝見した段階でしばらくは幸せすぎて眠れないな、と覚悟したほどでした。お力添えのおかげで、今作が何倍も華やかなものとなったと思います。

最後となりましたが、この本を読んでくださった皆様、主従二人の行く末を見届けていただき、誠にありがとうございました。皆様から感想などいただけますと励みになります。

それでは、また次のお話でお目にかかれますことをお祈りしております。

壱師　散子

KADOKAWA
RUBY BUNKO

ご主人様の唯一の猫

ゴルトヴァルデの生贄

壱師散子

角川ルビー文庫　23797

2023年11月1日　初版発行

発行者——山下直久
発　行——株式会社KADOKAWA
〒102-8177　東京都千代田区富士見2-13-3
電話 0570-002-301（ナビダイヤル）
印刷所——株式会社暁印刷
製本所——本間製本株式会社
装幀者——鈴木洋介

ISBN978-4-04-114057-4　C0193　定価はカバーに表示してあります。

◇◇◇

KADOKAWA RUBY BUNKO

角川ルビー文庫

いつも「ルビー文庫」を
ご愛読いただきありがとうございます。
今回の作品はいかがでしたか?
ぜひ、ご感想をお寄せください。

〈ファンレターのあて先〉

〒102-8177 東京都千代田区富士見 2-13-3
株式会社KADOKAWA
ルビー文庫編集部気付
「壱師散子先生」係

愛妻家な英雄公爵×片羽の妖精花嫁。
愛を知らない花嫁は蜜愛に溺れる――。
Novel
市川紗弓
イラスト／街子マドカ
片羽の妖精の愛され婚
きみを想うと
愛おしさで胸が痛い。
もっともっと
きみに触れたい。
妖精郷を囲む大森林を救った礼として公爵へ差し出された妖精のリゼル。片羽だから厄介払いされたのだと落胆するが、公爵は大切な伴侶として自分を溺愛してくれる。リゼルは笑顔とともに妖精の力を開花し始めるが…？

虎王子に溺愛されて、子作りすることになりました。
おまえが俺の子を
産めばいい。
Hikaru Masaki
真崎ひかる
イラスト／森原八鹿
高潔な虎王子×溺愛される『ひとのこ』の
異世界♥子作りファンタジー
怪しげな種を飲み込んでしまった望月は異世界へと攫われ、
虎王子の世継ぎとなる卵を産むことに!? 断固拒否をしてい
たが、王子・雷牙の不器用で情熱的な愛情と唇の甘さに溶
かされていく。更に望月の父は異世界とかかわりが？

俺様極道×堅実な
青年の子育ては、波乱万丈!?
「ついに俺達の子供ができたぞ！」付き合った覚えもない幼馴染の極道・賢吾からの爆弾発言。けれどそこにはやむを得ぬ事情があって、佐知は極道の妻として(!?)賢吾と子育て同居をすることに！
極道さんはパパで愛妻家
誰にも文句なんか言わせねえから、安心して嫁に来い。
佐倉 温
イラスト／桜城やや
ルビー文庫